物《もの》語《がたり》の種《たね》

有川ひろ

幻冬舎

物語の種

はじめに

あのウイルス野郎が跋扈《ばっこ》して世の中がまあまあ息苦しいことになってしまっている今日この頃、皆さんいかがお過ごしでしょうか。

災害時こそエンタメに心を遊ばせて魂を休憩させることが必要だ、と昔から思っています。本がその一翼を担いたいという思いももちろん。

ところが本屋さんに行くこともままならない、何てこった。

そこで、家にいながらにしてみんなで物語を遊べないものかと考えて、物語の種という遊びを思いつきました。

あなたは物語の種を蒔きます。思い出話でも体験談でも心に留まったキーワードでも写真でも。

あなたが物語の種になりそうだと思ったものを投稿してください。

私は蒔《ま》かれた種からおはなしを書きます。もちろん、全部の種を芽吹かせることはできませんが、もしかしたらあなたの蒔いた種がおはなしの実をつけるかもしれません。

宝くじを一枚買ったくらいの気分で種を一粒。さて、実はなるかな、ならぬかな。なったものから取って出し。

気楽な遊びに付き合ってくださる方は、カムヒヤーモノガタリノタネー！

……という感じで「物語の種」を募集し、芽吹いた物語をネット上で発表する遊びを二年近く続けてみた。

コロナ禍の中、マスクに手洗いうがい、ワクチンと我々はよく頑張った。

頑張ってそろそろ三年目、世の中もそろりそろりと日常に回帰しつつある。

恐い病気だし、油断してもいけないが、人間は家に閉じこもったままで生きてはいかれない。街に人出が戻ってきたのは、それでも我々は日常を取り戻すのだという覚悟の表れでもある。

そんな折に本にまとまった「種」を、ぜひお近くの本屋さんで迎えてほしい。

気をつけながら、お出かけしよう。本屋さんも、きっとあなたを待っている。

目次

SNSの猫

この半年ほど、彼女の推しはタキシード仮面さまであった。

彼女が子供のころに大人気だったセーラー戦士のアニメの登場人物ではない。

タキシード仮面さまは猫である。

彼女はタキシード仮面さまをSNSでしか知らない。この春先だったか、一四〇字ほどの短文や写真動画を投稿できるSNSのタイムラインに現れたのがタキシード仮面さまである。

白黒ハチワレ、両手袋と両靴下、おなかはワイシャツ形に白く、その喉元《のどもと》に蝶《ちょう》ネクタイというかなりパーフェクトなタキシード猫であった。

そのパーフェクトなタキシード柄が話題となって御近影が拡散されたらしい。発信元が拡散用のキーワードにタキシード仮面さまと入れていたので、トレンドワードの上位に入っていた。

柄もさることながら、まん丸の顔とくりくりのお目々が何とも愛嬌《あいきょう》たっぷりで、それまで猫に縁がなかった彼女の心さえも鷲《わし》づかみにしていったのであった。

タキシード仮面さまは、とある保護猫カフェのニューフェイスであった。奇《く》しくも彼女の住む市内であった。SNSを流れてくる話題を遡《さかのぼ》るきっかけは、そんな些細《ささい》なものであったりする。

タキシード仮面さま降臨！　というコメント付きでタキシード仮面さまをSNSの川に流した保護猫カフェは、公式サイトへのリンクを貼っていた。公式サイトのブログではタキシード仮面さまの来歴を紹介していた。

保護猫カフェに保護依頼のあったタキシード仮面さまは、非常に人懐こく、どうやら飼われていた猫が捨てられたようだった。あまりにも人間に警戒心がないので悪意ある人間のイタズラが心配だから保護してほしいと通報されたそうだ。

保護猫カフェのスタッフが捕獲の段取りをして赴いたときには、通報者の懸念がどんぴしゃり。無防備に狼藉者《ろうぜき》に寄っていき、したたか蹴られるか殴られるかしたらしい。非常に人懐こいはずが、捕まえようとするスタッフに怯《おび》えて細路地を逃げ惑ったという。

餌でおびき寄せるも手を伸ばすと飛び退《の》いてしまう。窮したスタッフの一人がとっさに叫んだ、「タキシード仮面さま！」と。スタッフはセーラー戦士の大ファンだったという。

その呼び声にタキシード仮面さまは振り向いた。その隙にほかのスタッフが取り押さえた。タキシード仮面さまと呼んで振り向いたのでタキシード仮面さまであろうと暫定《ざんてい》名が決まったという。

捕獲時の光景が写真で何枚かアップされていたが、その一枚を見てはっとした。

彼女の住む古いマンションが写り込んでいた。

そうか、タキシード仮面さまはこの辺で保護されたのか。そんな人懐こい猫がうろちょろしていたとは知らなかった。彼女の通勤時間帯とは行動する時間が違ったのかもしれない。

それにしても、こんな愛らしいタキシード仮面さまを捨てた人間やいじめた人間がこの近所にいるのかと思うと憤懣《ふんまん》やるかたない。子供と動物に悪さをする人間は人目がなくて自分のほうが強いとなればどんな他人にも同じことをするに違いないのだから、極刑に処せばいいのであると、彼女は割と本気でそう思っている。

健康診断の結果、タキシード仮面さまは酷《ひど》い怪我を負っておらず、病気にも罹《かか》っていなかった。不幸中の幸いである。

推定五歳のオス猫であった。

『一度は人間に捨てられ、いじめられたタキシード仮面さまですが、保護されてからはすっかり落ち着いて人懐こい子に戻っています。人間をもう一度信じてくれたこの子に幸あれ！　どうかいい出会いがありますように』

ブログの記事はそう締めくくられていた。

ぜひ、そうなってもらいたい。行く末が気になって、その保護猫カフェのＳＮＳアカウントをフォローし、サイトもブックマークした。


タキシード仮面さまはそのユニークな柄で保護猫カフェの人気猫となった。

『みんな大好き猫ちゅるるるの時間。みんながちゅるるるに押し寄せる隙に、スタッフがエプロンのポッケに入れていたちゅるるるをそ～っと引っ張り出そうとするタキシード仮面さま！　策士！』

スタッフの一人が途中で気づいたのだろう、慌ててスマホを向けたのか動画は少しぶれていたが、こっそり悪事を企《たくら》むタキシード仮面さまの仕草は身悶《みもだ》えせずにはいられない愛らしさだった。後ろめたさが滲《にじ》んでいるのが妙に人間くさく、この投稿も話題になった。

「だめですタキシード仮面さま！」「ちゅるるの魔力に負けて妖魔になっちゃった⁉　負けないで、タキシード仮面さま！」などと元ネタを引用したツッコミで賑《にぎ》わい、彼女はそこに参加する勇気はなかったが、好意を示す「いいね」ボタンは百万回押したいくらいに悶えた。

『キミキミ、ぼくをお膝《ひざ》に乗っけさせてあげようか？　お客様のお膝をちょいちょい引っ張って座らせようとするタキシード仮面さま』

これはお決まりの仕草なのだろうか、動画のために構えたスマホの画角に待ち構えていた風の余裕が見える。

女性客のデニムの膝に軽く爪をかけ、まあまあお座りなさいよと言わんばかりにちょいちょい引っ張る。にあー、とかわいい声かけも相まってお客は相好を崩して床に横座りで座った。と、すかさずその膝に乗っかっていそいそと丸くなる。

こうしてナンパをするのは女性客に限るそうで、なかなかの色事師である。お客がタキシード仮面さまを下ろそうとすると、そっと胸元にお手々がかかる。「もう行っちゃうの？」と言わんばかり。お客は百発百中座り直すそうだが、たまには例外もある。

『お急ぎだったお客さまが引き止めたタキシード仮面さまを振り切ってお帰りに。ぼくの魅力が通じなかったと落ち込んでしまったタキシード仮面さま（笑）』

しょんぼり部屋のすみっこに丸まっているタキシード仮面さまは、スタッフが向けるスマホにぷいと顔を背けてしまった。

タキシード仮面さまが毎日SNSに登場するわけではなかったが、彼女は毎日保護猫カフェのアカウントをチェックした。上がった写真はお宝として保存保存保存である。何しろタキシード仮面さまは保護猫なのだから、いつこのカフェからいなくなってしまうか分からない。

こんなにかわいかったらすぐに引き取り手が見つかって卒業するだろうと思っていたが、推定五歳という年齢がネックになっているのか、タキシード仮面さまはなかなか卒業しなかった。

「そんなに好きなら会いに行ってみたらいいのに。先輩の最寄駅と近いでしょ？」

そう言ったのは、職場の後輩男子である。スマホの待ち受けにしていたタキシード仮面さまに「これはいいタキシード」と引っかかってきて、タキシード仮面さまを共に推す仲になった。

「保護猫カフェの子でしょ？　ザッツ会いに行けるアイドルじゃないですか。保護猫カフェって利用料が運営資金になるんだし、ここはタキさまに貢ぎに行くのが正しいオタクの作法じゃないですか？」

その提案に心惹《ひ》かれるものはあった。タキシード仮面さまは老若問わず女性に愛想がいいので、三十半ばの彼女もターゲット範囲内である。

あまつさえ、魅惑のお膝ちょいちょい&胸元お手々などを食らった日には、水芸のように鼻血を噴いて保護猫カフェを紅に染め上げるかもしれない。

だが――

「ダメダメ！　いずれは人のものになる猫だもの。会っちゃったら卒業したとき別れが辛《つら》すぎる。タキさまロスになっちゃうよ」

「卒業したらどっちみちロスでのたうち回るよ。つーかさ、先輩がタキさまを落籍するプランもありじゃない？」

たまにこの後輩は古風な言い回しをする。ラクセキと聞いて落石じゃなく落籍と変換するはずという無邪気な信頼は、同期女子などからはちょくちょく面食らわれているらしい。

「そりゃあまあ、芸者の落籍は甲斐性《かいしょう》だろうけどさぁ」

「先輩んとこペット禁止？」

「いや、猫も犬も飼ってる人いるよ。紙ゴミ置き場に爪とぎ出てることあるし、犬の散歩と行き合うこともちょくちょくよ」

就職して一人暮らしを始めたとき、実家で殖えたドワーフハムスターを一匹連れていくことになってペット可の物件にした。

愛ハムは愛らしい仕草で新入社員時代の彼女を慰めてくれたものだが、小さい生き物は老いが早い。大事に飼っていたつもりだが、入社三年目にみまかった。

「あんなに小さい生き物でも胸に穿《うが》たれた穴は奈落《ならく》のごとしよ。タキさまとの別れに自分が耐えきれると思えない」

「遺してくれる思い出は無限大だけどねぇ」

「それに猫飼ったことないしさ。自信ないよ」

「オレオレ。俺、実家でずっと飼ってたよ」

だから何だっちゅーのよ、といなしてタキさま落籍構想は終わった。

悪い風邪が流行《はや》ったあおりを食らって、シフトはめちゃくちゃになった。

それでも彼女の職場はリストラなしで乗り切ろうとしてくれているので、このご時世では相当恵まれているほうだろう。

変則的リモートワーク。リモートトリモートトと急に叫ばれ出したが、結局は出社しないと細かいニュアンスや何かが上手《うま》く運ばなかったり、お偉いさんが年代的にリモートが不可能だったり。人間は電子の海だけで生きていけるようにはなっていない。

順繰りに誰かがオフィスに詰めて、遠隔で事務処理をすることで落ち着いた。

本日は彼女がオフィス番である。郵便物や荷物をチェックし、受取人に処理を問い合わせる。手紙や書類はスキャンしてメールで送ることが多いが、荷物は転送の手続きをしないといけない。

事務処理を一通り終わらせると、後は割合にのんびり過ごせる。何せ部署に一人しかいない。

さて一息つくかと見回すと、部署の共有スペースにカップ麺《めん》が箱ごとどんと積んであった。

何じゃこりゃ。

寄って見ると、メモがついていた。


自粛不況支援でメーカー直買いしました、お持ち帰り等ご自由に！


タキさま同担の後輩の字だった。どうやらご当地もののカップ麺らしく、スーパーやコンビニで見かけたことのない鄙《ひな》びたパッケージのものが数種類。

せっかくだからお昼に一ついただくか。朝、何も調達せずに来てしまったので出るのが面倒だ。

お湯を注いで三分、箸《はし》を添えてスマホでパシャリ。

いただくよ～ん。

写真を添付して後輩にメッセージを送る。ぴろんと既読のアラームが鳴った。

味噌いきましたか！　塩もおすすめ、おかわりどうぞ！

「ふたつはいらんわ……と」

またまたぴろんと送って箸を割る。ぴろんと戻ってきたのはぴえんと泣き顔イラストスタンプ。

食べている最中にまたぴろんと鳴った。

タキさま新着！　萌《も》ゆる！

それは捨て置けぬ。箸を置かずに片手ですぃすぃ。

タキシード仮面さまの動画が上がっていた。業務用ちゅるるの箱の上に陣取り、箱の隙間に手を突っ込んで必死にちゃいちゃい。

『タキシード仮面さま、お客さまの送ってくださった支援物資に狂喜乱舞！』

投稿は支援物資と寄付の受付窓口を添えて終わっていた。

カップ麺をすすりながら自分の懐具合を検討し、五千円を一口寄付。お礼として寄付の手続きに使ったメールアドレスにタキシード仮面さまの写真が送られてきた。備考欄にタキシード仮面さまが好きですと書いたからか。ヘソ天でぱっかり開いているお宝映像だ。

多分後輩もいくばくか寄付したのだろう。そういう奴だ。

先輩もきっと寄付しただろうと思われていたらいいな、と思った。

後輩とも顔を合わせなくなって久しい。タキシード仮面さまのことでキャッキャうふふと盛り上がる時間はけっこう楽しかった。推しは同担とはしゃぎたい派だ。

「あああ～、このお腹もふもふした～い」

欲望をスマホの画面をなでくることでせめて解消。もふんもふんと歌いながらなでくったので、他人に見られていたらドン引きされたことだろう。自粛リモートに世間体を救われた。


事件が起きた。

タキシード仮面さまが迷子になったという。保護猫カフェのブログで捜索協力願いが出され、それはファンによって瞬く間に拡散された。

カフェの給湯器が壊れ、取り替え工事中に業者が誤って古い給湯器を床に落としてしまったという。大きな物音で猫たちはパニックになって逃げ惑い、タキシード仮面さまは慌てて片づけをする業者の出入りにまぎれて外へ逃走してしまったらしい。

胸がつぶれるような気持ちになった。保護猫カフェで飼育されているからこそ安心して愛《め》でることができた。タキシード仮面さまがその保護を失ったと思うといても立ってもいられない。

目撃情報を求めるそのブログは、彼女が目にした時点で炎上していた。

保護した猫ちゃんを逃がすなんて！　保護猫カフェ失格！

廃業してください、あなたたちに保護猫活動する資格なんかありません！

どうして事前に猫を全部ケージに入れておかなかったのですか？　最低です！

スタッフは一つ一つに謝罪しながら、それでも目撃情報を求めていた。ぽつりぽつりともしかしたらという情報が入るが、燎原《りょうげん》の火のような炎上にまぎれて埋もれがちだ。

初めてコメント欄に書き込んだ。名前は「タキさま推し」とした。

今さらスタッフさんを責めても仕方ないと思います。タキシード仮面さまの目撃情報が流れてしまうので、やめてください。

小石を一つ投げ込んだほどの効果もなく、その書き込みは流れ去った。コメント欄は動物愛護法の是非論にまで広がって、もはやタキシード仮面さまの迷子事件とは関係ないところまで紛糾している。

見ていて腹が立ってきた。正義面《づら》してスタッフを罵《ののし》る連中の何人がタキシード仮面さまのことを、あたしの推しのことを心配しているというのか。この瞬間にも推しがお腹を空《す》かせて町なかをさまよっているというのに、この正義漢たちはタキシード仮面さまに一体何をしてくれるのか。既に自分を責めているスタッフたちを棍棒《こんぼう》で叩くだけで、タキシード仮面さま捜索の邪魔でしかない。

あたしの推しを無事に取り戻すための邪魔をするな。

荒れたコメント欄を見るのは苦痛だったが、進捗《しんちょく》が知りたくてこまめに追った。だが、やがて保護猫カフェはSNSアカウントを休止した。炎上が愉快犯を呼び寄せ、嘘の目撃情報で荒らすような輩《やから》が頻出したからだ。

保護猫カフェは目撃情報をメールで寄せてもらう方式に切り替えた。だが、SNSの手軽さや即時性のメリットは失われる。SNSにコメントを一つ寄せるのは気軽だが、自分のアドレスを使ってわざわざメールを書いて、となると面倒くささが勝ってしまうのが人間の常だ。

正義という果実を貪《むさぼ》りたい奴らが寄ってたかってかわいい猫を脅かす。正義なんかクソだ。

正義があたしの推しを守ってくれないのなら、あたしがあたしの推しを守る。

幸い、というべきかどうか、リモートワークと外出自粛のご時世で暇は持て余している。

タキさまを捜したい。

後輩に送ったメッセージに即レスが返ってきた。

捜しましょう。タキさま推し2号より。

スマホの画面が涙で滲んだ。くそ。——こんなときにぐっとさせるな。

その頓狂《とんきょう》な名前には覚えがあった。彼女がタキさま推しを名乗って炎上に物申したとき、同調して何度か書き込んでいたユーザーだった。スタッフが一番自分のミスを責めている、こうしてスタッフを叩くことがタキシード仮面さまのためになるのかと粘り強く書き込んでいた。

持つべきものは同担である。

保護猫カフェにはメールで目撃情報を問い合わせた。自分も捜したいので目撃情報を提供してほしいと丁寧な文面を心がけて書いたが、返信は丁寧に辞退だった。炎上で警戒しているのかと思ったらそういうことではなく、同様の申し出はいくつもあったらしい。だが、猫に悪さをする愉快犯がまぎれ込んで拉致《らち》される恐れがないとは言えないので、保護猫カフェの利用履歴がある人にしか協力を願わないようにしているとのことだった。

ここに来て推しに会うことを躊躇《ちゅうちょ》していた過去が足を引っ張る。

ところが、ここで大逆転が起こった。2号を名乗った後輩である。実は何度か保護猫カフェを訪れてタキシード仮面さまと会っていたらしい。訪れるごとに店内の募金箱にいくらか喜捨していたらしく、2号にはすんなり情報提供が為《な》された。

先輩も寄付が証明できる文書か何か出したら教えてもらえたと思いますよ。

その手があったか！

返信しつつ、彼女の寄付が大前提になっているやり取りにほんのり信頼を感じる。

捜索開始の日を決めて、会社の定時に待ち合わせた。すぐに見つかるものならリモートワークをさぼったっていいが、長丁場になることを覚悟してだ。

「久しぶり」

初めて見る私服の2号は、会社で見るより快活に見えた。

「やる気ですね」

彼女のほうも汚れることが前提のデニムとスニーカーである。

実家で猫を飼っていたという2号が捕獲グッズ担当である。持参したのはキャリーとちゅるる、猫缶と缶切り、カリカリに猫じゃらし。カリカリはミントタブレットの缶ケースに入れたものを二つ。

「保護猫カフェでスタッフさんが猫の気を惹くのに使ってたんです」

カラカラと音が鳴ると猫が欲しがって寄ってくる。それを利用して写真を撮ったりしていたという。タキシード仮面さまの数々の神ショットがそのように撮られたと思うと感慨深い。推しのことなら何でも知って嬉しいのはオタクの特性。

「同じケースのほうが音に慣れてるかなと思って、探して一ダース取り寄せたんです」

スワロフスキーの飾りが一つついている青いミント缶は、デザインもなかなかかわいい。

「一ダースは買いすぎじゃない？」

「その単位でしか売ってないんですよ、通販」

またまた外出自粛のご時世につき。ミントタブレットを探して店をハシゴするのは確かに気が引ける。

「マスクかわいいですね」

突然誉められて面食らう。時節柄お互いマスクだが、彼女のは柄の入った手作りマスクだ。

「近所の仕立て屋さんで売ってたの。紙のマスク買えなくってさ」

後に流通が回復するが、その頃は不織布のマスクは品切れが続いていた。

「俺、花粉症だから去年のストックが残ってたけど、そろそろそれも尽きますよ。いいなぁそれ、買ってきてもらおうかなぁ。花柄以外あります？」

「迷彩柄とかあったよ」

「超いい！　後精算でそーゆーの買ってきて」

迷彩柄のマスクは超いいだろうか。まあ、個人の趣味に口は出すまい。

「適当に見繕っとくよ。何枚？」

「洗い替えほしいので2枚！」

さて、タキシード仮面さま捜索である。

保護猫カフェを中心に、徐々に範囲を広げていくことに決めた。

「タキさまー」「タキシード仮面さまー」

呼ばわりながらミント缶をカラカラ。路地や建物の隙間をみちみち潰《つぶ》すように練り歩く。

たまにすれ違う人の見る目が刺さる。いっそ訊《き》いてくれ、タキシード仮面さまとは何ぞや。猫です。

その日は茶トラを一匹見かけただけが収穫だった。

何日かそうして捜したが、成果は芳《かんば》しくない。

「明日は時間ずらして捜してみようか」

週末なので会社は休みである。定時後の夕方から夜にかけてではなく、昼間に捜せる。

だが、2号は別の考えがあるようだった。

「先輩の家の近所を捜してみるのはどうでしょう」

「何で？　うち、保護猫カフェからちょっと遠いよ」

「でも、カフェの近所はそれこそスタッフさんが捜してると思うんですよね。あと、目撃情報を照らし合わせてみたんですけど」

後輩はGoogle先生の地図に目撃情報を書き込んだマップを広げた。

「確信が持てるほどじゃないけど、目撃情報はなーんとなく、先輩んちの方向に散らばってるんですよね。タキシード仮面さま、最初に保護されたときって先輩んちの近所だったでしょ？」

保護されたときの写真に自分の住んでいるマンションが写り込んでいるという話は以前した。

2号の地図は、目撃情報が点在しているが、それこそ「なーんとなく」のレベルで彼女の住所の方向に多目に散らばっている感じはする。

「捨てた人、先輩んちの近所じゃないかなと思って。そんで、タキさま元の家に帰ろうとしてるんじゃないかな」

「捨てた奴のところに⁉」

「猫に分かりませんもの。保護されて半年くらいだし、まだカフェは自分の家じゃないのかも。パニックで外に飛び出して、自分の家に帰ろうと思ったら飼い主……っていうか捨て主と一緒に暮らしてた家のほうになるかも」

捨てていった奴のことをタキシード仮面さまはまだ慕っているのか。だとしたら捨て主の両目に目つぶしを食らわせたい。

「でも、遠くに連れてきて捨てたのかもしれないよ。別にうちの近所に住んでないかも」

「だから、そこは賭けです」

2号はきっぱりした口調で言った。

「可能性だけならいくらでも考えられます。遠くに捨てようとして先輩の近所に、もちろんそれもあります。でも引っ越しとかで置いてった可能性もありますし。ただ、『なーんとなく』です。『なーんとなく』、最初に保護された方向に向かってなくもない」

「……餌場として認識してる可能性もある、か……」

タキシード仮面さまは、彼女の家の近所でもらい餌をしながらしばらく過ごしていたらしい。保護猫カフェの近所はスタッフが血眼《ちまなこ》で捜しているだろう。迷子の猫を捜すのにも慣れているだろうし、そのスタッフが未だに捕獲していないのだから、別のところを捜すのは手分けするという意味でありかもしれない。

「そういえば、うちのマンションの自転車置き場で餌やりしてる人いるみたい」

彼女は自転車に乗っていないので自転車置き場のほうにはあまり足が向かないが、空の餌皿を見かけたことが何度かあった。タキシード仮面さまも保護される前はここでもらい餌をしていたのかもしれないな、などと思ったことがある。

よし、と手を打った2号は、翌日大きな捕獲用の檻《おり》を持って待ち合わせ場所に現れた。ツテを頼って借りたという。自転車置き場に置かせてもらう許可は彼女が管理会社に取っておいた。

「餌はシーバル使いましょう、カフェでお客さんがあげられるおやつ用に売ってました」

クリスピーなカリカリの中に魚や肉の半生クリームが入っているというもので、猫まっしぐらの逸品らしい。

「檻のチェックと餌の交換は先輩お願いしますね」

檻にはタキシード仮面さまの写真を添えた貼り紙を貼った。文言は「この猫を捜しています。見かけた方はお電話ください」。電話番号は2号のものと、保護猫カフェのものも許可を求めて並べて書いた。

「別にあたしの携帯でもよかったのに」

彼女のほうに連絡があったらすぐ動けるのでそのほうが面倒がないと思ったが、

「駄目ですよ、イタズラ電話とかあるかもしれないし」

2号は意外と紳士であった。

保護猫カフェも電話番号の記載許可を得たときに、こちらの方面にも人手を割いてみるようなことを言っていた。ただ、人手に限度があるのでこちらの住人が見回ってくれるのは助かるとのことだった。

檻を設置してから近所を捜し、その日は収穫なしで解散。

翌日の日曜未明。

「先輩！」

2号からメッセージをすっ飛ばして電話があった。

「檻、回収してください！　入ってるそうです！」

寝ているかもしれないから電話で叩き起こしたのだろう。

「ウソ⁉」

通話を切るのも忘れて、パジャマで外に飛び出した。

自転車置き場に駆けつけると、檻の蓋《ふた》が閉まっており、中に――夢にまで見た、現実ではまだ一度も見たことのないタキシード猫。

外に出られず困って蓋を引っ掻《か》いていた。

タキさま、と呟《つぶや》いた声は声にならなかった。

お部屋に入ろうね、入ろうねと彼女が抱えるには手に余る捕獲檻を火事場の馬鹿力でどうにか抱え、マンションに戻る。部屋が二階でよかった、エレベーターなし四階建てなので二階より上だったら持って上がるのにだいぶ苦労した。

タキシード仮面さまは怯えてニャーニャー鳴いていたが、部屋に入って檻を下ろすと大人しくなった。

柔らかそうな毛並みに触れてみたいが、うっかり出して何かあったらと思うとてもじゃないが恐くて檻を開けられない。

「大丈夫よ、もう大丈夫よ」

檻の隙間から捜索用のミント缶に残っていたカリカリを入れてやると、タキシード仮面さまは素直に食い気に釣られた。押し込まれるのを待てずに彼女の指をぺろぺろ忙しく舐《な》める。湿った紙ヤスリのような感触が新鮮だった。

生温かい。生きている。――ありがたい。

生きているだけでこんなにありがたいなんて。

気がついて放り出していたスマホを見ると、２号からメッセージが入っていた。

檻に入っているという通報は新聞配達の人がくれたらしい。2号はもうこちらに向かっているという。保護猫カフェのスタッフも急ぎ向かっているそうだ。

どちらが先に着くだろう。どちらにしても着替えておかなくては。

カリカリを囓《かじ》る気配を感じながら、身だしなみを調える。カリカリ、カリカリ――文字どおりカリカリ。

ぴろんとスマホにメッセージが入った。

何号室ですか？

2号からだ。昨日来たときは、自転車置き場に檻を置いただけだったので、結局部屋には立ち寄らなかった。

部屋番号を送ると、やがてチャイムが鳴った。

「タキさまは？」

ドアを開けると開口一番である。

「あああ～～～～～～、よかった～～～～～～！」

檻の前で2号は膝からくずおれた。素早い到着はタクシーを飛ばしたという。

「何かあげました？」

「捜すとき使ったカリカリあげた。後はかつお節とかツナ缶くらいはあるけど」

「大丈夫、シーバル持ってきた」

2号が手際よく檻の蓋を開けると、タキシード仮面さまはふーんと鼻を鳴らしながら出てきた。

おびき寄せ用に入れてあった餌の皿に2号がシーバルを一包み盛る。

「触らないんですか?」

「食べてるときに触って大丈夫?」

「大丈夫だよ、人懐こいから」

シーバルをカリカリやりはじめたタキシード仮面さまの丸い背中に、そっと手のひらを載せる。

——ビロードの手触り。

タキシード仮面さまはシーバルをたいらげてから、彼女を見上げてニャアーと鳴いた。そしてお膝をちょいちょい。彼女が座ると、その膝に乗り込んでくるりととぐろを巻いた。

こんなにも幸せな重みと温《ぬく》みがこの世にあるのか。

言葉もなく噛みしめていると、2号が「よかったですね」と笑った。

「俺、三回通ったけど乗ってもらえませんでした。女の人限定だって」

と、2号の携帯が鳴った。保護猫カフェのスタッフだろう、部屋番号を短くやり取りして通話が終わる。

そして玄関のチャイムが鳴った。

彼女が立とうとすると、クリームパンのお手々が胸元をちょいと引き止めた。

これが噂に聞く……何たる……!

「いいですよ、俺出ます」

2号がインターフォンに出てくれた。

保護猫カフェのスタッフが登場しても、タキシード仮面さまは彼女の膝に乗っていた。

女性スタッフが泣き笑いで相好を崩す。

「あら〜、タキさま。よかったねぇ、うれちいねぇ」

見慣れたスタッフの声かけでようやくタキシード仮面さまは腰を上げた。

重みの失《う》せた膝が思いがけないほどの喪失感をもたらす。

「ほーらタキさま、おうちに帰ろうね〜」

保護猫カフェという、仮のおうちに。

あの、と声が出たのは、2号とスタッフがこちらを振り向いてから気づいた。

「あの、もし、もらい手まだだったら、あたし……」

2号がふんわり微笑んだ。スタッフも然《しか》り。

「お試し期間は一週間になります。手続きはまた改めて。佳《よ》い日を決めましょうね」

その場で慌ただしく連絡先を交換する。タキシード仮面さまはスタッフの持ってきたキャリーに入ったが、最後に彼女を振り向いた——ような気がする。

タキシード仮面さまを連れたスタッフは何度もお礼を言いながら引き揚げた。

ニャアーと鳴き声を上げるタキシード仮面さまを「大丈夫だよ、また来ようね」と宥《なだ》めながらドアが閉まった。

思わず知らず溜息が漏れる。

「会ったら最後だと思ってたのよ」

だから保護猫カフェには行かなかった。2号が「まあまあ。運命運命」と笑う。

「どうしよう……猫飼ったことないのに」

それでも、重みの失せた膝があまりにも空虚だったので。

「大丈夫っすよ、俺は飼ってましたから」

だから何だっちゅーのよ、とはもう言わない。

「……何から始めたらいい？」

「取り敢えず、五冊ほど書籍情報送ります。参考文献なので全部読んでください。分かりやすいとこ選びますから」

2号はすさまじい勢いでスマホをつるつるしはじめた。


週が明けて数日後、また彼女にオフィス番が回ってきた。

箱買いのご当地カップ麺はまだ残っている。今日はお薦めだった塩をもらおうかなと思いつつ共有スペースのテーブルに近寄ると、カップ麺の箱のそばに見覚えのあるミント缶が並んでいた。


訳あって箱買いしました、ご自由にお持ちください。


こちらも一缶いただき。カリカリケースとして使っただけでまだ食べていない。

2号の机にお礼を置いた。迷彩柄のマスクを二枚、カーキと砂色。

タキシード仮面さまの輿《こし》入《い》れは再来週の半ばに決まった。大安吉日。猫用品は2号に言われるまま通販で揃え、迎える準備は万端だ。

リモートワーク期間が終えたら。

多少窮屈ではあっても自粛が明けたら。

多分、２号が頻繁にタキシード仮面さまに会いにくるだろう。

fin.

物語の「種」

Twitterのトムを見ていて和むので、SNSで贔屓にしている猫をテーマに。

——担当編集者

著者からひとこと

トムは我が家の猫です。えげつないくらいかわいい。うちの猫に限らず、ネットで流れてくるおキャット様(@カレー沢薫《ざわかおる》)は例外なく全てかわいい。言いたいことも言えないこんなポイズンなインターネット界隈《かいわい》で無条件に人の心を洗濯してくれる神なる猫だもの、そりゃあ多くの人間を和ませ癒やし救っていることであろう。第一回目として非常に転がしやすいお題をくれた当時の担当編集氏に感謝である。

いつも取っかかりの一行を摑《つか》まえるのに一番時間がかかるが、タキシード仮面さまのワードを摑まえた時点で「よっしゃ!」とノンストップの一本だった。

レンゲ赤いか黄色いか、丸は誰ぞや

祖母が亡くなった。

九十九歳、惜しいあと一歩！　と唸《うな》ってしまう大往生であった。

ずっと畑仕事をしていたせいか、つい一年ほど前まで鍬《くわ》を振るえるようなお達者であった。

去年の秋、堆肥《たいひ》を積んだねこ車を押していたところバランスを崩してコテンと行き、転び方が悪かったのか足を折った。

入院して、身内一同ほっとした。老いて一向衰えることなく畑仕事に精を出す祖母にみんながヒヤヒヤしており、これを機会に少しゆっくりするといいとみんなが思っていた。

ところがどっこいしょ。

入院した祖母は急速に老いて、足腰が弱くなった。退院しても寝込みがちになり、家の中でも杖《つえ》が要るようになり、ほんのりボケも入ってきた。

「年寄りから仕事を取り上げると却《かえ》っていけないって本当だったのねぇ」

彼女は溜息混じりに祖母の本棚から埃《ほこり》を被《かぶ》ったアルバムを抜いた。

通夜は明日。今夜のうちに祖母の遺影を探さなくてはならない。

「しかし急だったよな」

夫が彼女から受け取ったアルバムをティッシュで軽く拭《ふ》いて埃を取る。

「正月に会ったときは今年は田んぼの準備をしないとなんて言ってたのに」

「もうボケてたんだよ、田んぼなんか十年も前にやめてるのに」

入院前まで祖母が丹精していたのは、産直に卸す用の野菜や果物を作っている畑だった。祖父も生きていた全盛期に比べたらささやかな規模で、祖母にしてみたら家庭菜園に毛が生えた程度のものだっただろうが、季節を追うように忙しく世話をしていた。

「十年前までやってたのがすごいけどね。その頃でも八十……？」

「八十七か八かなぁ。おじいちゃんが亡くなったときに手が回らなくなって本家に譲ったの」

「それにしてもまあ、立派な亡くなり方だったよな」

「まあねえ」

ほんのりボケが入ってきて、近くに住んでいた彼女の両親がそろそろ引き取ろうかと算段していた矢先だった。

九十九歳まで畑を切り盛りしながら一人で暮らし、衰えたと思ったら息子夫婦の世話になる前にさっぱり旅立ち。

「こうありたいねぇ」

誰にも迷惑をかけずにぽっくり死にたい、というのは人生の折り返し地点をすぎたら折に触れ浮かぶ願望だ。

昔ながらの重厚なアルバムをめくった夫が「おお〜、白黒」と呟《つぶや》く。

「あんたのおじいちゃんとおばあちゃんだって昔の写真は白黒でしょうがよ」

そりゃまあね〜、と歌いながら夫がアルバムをめくっていく。

「おばあちゃん、昔かわいかったね〜」

「そんな前の遺影に使えないでしょ」

「これ、どこで撮ったの？　少女漫画みたい」

夫が見せてきた写真は、レンゲ畑の中に祖母が立っている一枚だった。野良仕事の途中だろうか、もんペルックに日よけ帽だが、鄙《ひな》びた雰囲気がなかなかいい。

「これ、本家の田んぼだよ。ほら、おじいちゃんが亡くなったとき譲った」

「レンゲは田んぼの肥料だからさ、田んぼに農家が種蒔《ま》くんだよ」

「え、でも花畑だよ」

「えー、肥料ってどうやって？」

「田んぼにすき込むのよ」

「あ、腐らせて養分にするの？」

「ちょっと違う……」

根粒に蓄えた窒素をすき込む、という理屈は説明しても都会育ちの夫には伝わらなさそうだ。

彼女も田舎育ちではあるが農家育ちではないので詳しいところは説明できぬ。父は祖父母の田畑を継がずに公務員になり、母とは職場結婚だ。

「とにかく田んぼに咲く花よ。レンゲは知ってるでしょ」

「知ってる知ってる。あの春先の黄色いやつでしょ」

「はい⁉」

都会と田舎、夫とのエリアギャップは度々感じるが、中でもこれは極めつけだ。

「黄色いレンゲなんか知らんわ」

「えー、会社行く途中さぁ、畑か田んぼか分かんないけど黄色い花がぶわーっとさ……」

都会っ子のくせに勤め先は電車で小一時間の田舎なので、今は夫のほうが田園風景に親しんでいる。しかし、だからといって田舎の動植物の知識が身につくというものではないらしい。夫は鳩とムクドリの区別がつかないし、タンポポとツワブキの区別がつかない。

「菜の花じゃないの？　レンゲはこれだよ」

スマホで画像検索して見せると「色違いじゃないの？」と夫はピンと来ていない様子だ。

「白黒写真だしピンクか黄色か分かんないじゃん」

「いや、レンゲだってこれ」

植物を見慣れていない人にとって、見分けるポイントはまず色、次に色、その次も色らしい。マメ科とアブラナ科では花の形もそもそも違うのだが、レンゲがマメ科だと言ったら何故ツルを巻かないのかと話がややこしくなりそうだ。

夫は知識欲に乏しい人間ではないのだが、とにかく生物に関しては吸収するキャパが少ないのだろう。溝端や庭先に蔓延《はびこ》っているヒメツルソバの花が金平糖みたいで面白いと気に入っているのだが、何度教えても名前を覚えない。ヒメ、とヒントだけ出すと、ヒメオドリコソウとかヒメジョオンとか他に教えた名前がデタラメに出てくる。ヒメしか合っていない。実に全くびっくりするほど動植物の名前を覚えないのであった。

夫に言わせると彼女が悪いという。

生きた図鑑と歩いてるようなもんだから便利で覚えないよね～。

「誰が撮ったのかな、これ」

「おじいちゃんじゃない？」

祖父が一緒に写っていないから祖父が撮ったのだろうという単純な回答だったが、夫は何故か目を細めた。

「おじいちゃん、おばあちゃんのこと好きだったんだねぇ」

「何で？」

確かに夫婦仲が特に悪かったという話は聞かないが、特に仲睦《むつ》まじいという話も聞いていない。

「だって自分の奥さんをこんな花畑の中で撮るなんて、なかなか気恥ずかしくてできないんじゃない？　この年代だと」

意表を衝《つ》かれる説だが、頷《うなず》けなくはない。観光地でも何でもなく、自分の田んぼだ。わざわざ妻を立たせてパシャリと一枚、まあまあ甘酸っぱい話である。当時はフィルムも現像代も安くはなかっただろう。

「おばあちゃんの写真、いいのあった？」

彼女の母が様子を見に来た。

「あらっ。いくら何でもそこまで遡《さかのぼ》ると遺影に使えないわよ」

アルバムに貼られた写真の白黒を見たらしい。

「最近のアルバムから探しなさい、最近の」

それもそうだ、と探索を新しいアルバムに切り替える。

まだまだ元気だった頃、産直で仲間と撮ったらしい写真が出て来た。実年齢よりだいぶ若いが、詐欺でない程度に若い写真を使われるのは祖母も悪い気はしないだろうとそれになった。

父が亡くなった。

七十一歳、まだちと早いと寂しさがよぎる死であった。

報せの電話は実家で同居している兄から来た。風呂上がりにばたりと倒れて救急車を呼んだが、結局そのまま息を引き取ったという。死因は脳卒中であった。

電話を切って妻に事情を説明する。家族葬で通夜は明日、兄の一家はすでに葬祭場に安置してある遺体に付き添って泊まるという。

「だから熱い風呂やめろって言ってたのになぁ」

ぐらぐら煮えたような熱い湯に浸《つ》かるのが若い頃から好きだった。

「よく言ってたよねぇ、お風呂上がりのお義父《とう》さん、茹《ゆ》でダコみたいに真っ赤だったたって」

「頭がつるっと行ってるだけにな。まあ、苦しまなかったのは幸いだけど」

やめろやめろと家族みんなが口を酸っぱくして言っていたことが死因となったので、悲しみに「ほら、だからぁ」というぼやきがついつい交じる。報せてきた兄も同じくだった。

「どこの温泉だっけ？　地元の人でも熱がる源泉に浸かったたっていうのがご自慢だったね」

「おふくろも心配してたなぁ、熱い風呂は体に悪いって」

姉さん女房だった母は三年ほど前に先立っている。

「お義兄《にい》さんが同居してくれててよかったよね、ほんと……」

身の回りのことが何一つできない父だったので、母が亡くなった後は兄一家が実家で同居することになった。

妻が急に小さく噴き出した。

「ごめん、お義母《かあ》さんの決まり文句思い出しちゃった」

それを呼び水に彼も釣られて噴いた。

お父さんはしまいに風呂で煮えて汁になるで！

TVで孤独死の特集番組を観て、追い焚《だ》きの風呂で液状になって発見されたという凄惨《せいさん》な死亡例を知ってからというもの、父への脅し文句は決まってそれだった。

「おふくろ、口悪かったからなぁ」

西の育ちのせいか歯に衣着《きぬ》せぬ物言いで繊細な兄嫁などはかなり気にしていたらしい。彼の妻も色が黒いの毛深いのとズケズケ言われていたはずだが、

「君は大丈夫だったの」

「平気平気。お義母さん何っにも考えずに喋《しゃべ》る人だったじゃん。一〇〇パー悪気ないしさ」

実際、実子も目に留《と》まったことはズケズケと言われている。兄はデブで彼はハゲだ。そんなに食べ過ぎたら脂巻いてブタになるよ、あんた！　あんた、デコがだいぶ広くなってないか。会社のストレスとか大丈夫か？

思ったことを思ったまま口に出し、出した端から忘れるので、実子でも虫の居所が悪いときは喧嘩《けんか》になっていた。鶏は三歩歩くと忘れるというが、彼の母は三十秒で時効だ。そんな前のこと言われても困る！　が出たらそれ以上は追及しても徒労である。

「俺はほんっとあのおふくろにベタぼれできる親父の感性が理解できない」

「お義母さんがベタぼれだったと思うけど」

「どこが」

「汁になるでって言いながら絶対お義父さんのお風呂埋めに行ってたし」

埋めても後湯は子供の身には熱湯風呂だったが。

「絶対お義父さんより先に死ぬって言ってたじゃん、お義父さんに先立たれたら寂しくて生きていかれへんわ、寂しがりのウサギちゃんやからーって」

「ギャグかな」

「マジだよ。お義父さんのこと高倉健《たかくらけん》に似てるって言ってた」

それはだいぶな盲目だ。

点《つ》けっぱなしになっていたTVで大河ドラマが始まった。今期は真田《さなだ》幸村《ゆきむら》だ。

「お義父さんも大河ドラマ好きだったねぇ」

「これの最終回は気になったかもな、真田幸村好きだったし」

「真田幸村って何した人？」

歴史オンチの妻からは再々こういう質問が飛び出す。

「軍師だよ」

「いや、それは観てるから分かるんだけどさ」

彼が観ている大河ドラマや歴史ドキュメンタリーをいつも流し観の妻である。

「具体的に何した人なの？」

「具体的に、とは？」

「だからさ、織田信長《おだのぶなが》は天下統一の途中で死んだとか、豊臣秀吉《とよとみひでよし》は上手《うま》いこと後釜《あとがま》になって統一したとか、徳川家康《とくがわいえやす》は鯛《たい》で死んだとか、色々あるじゃん。教科書に載るっぽいこと的な？　真田幸村は何した人なの？」

常々思うが、妻の歴史認識は非常に雑だ。徳川家康の死因が鯛というのは俗説で、教科書には別に載っていない。そもそも徳川家康が出てくるのなら江戸幕府を開いたことがドラフト一位で出てこなくてはおかしい。が、そこを一々突っ込んでいては会話が成立しない。

「歴史的にすごい何かをやったってわけじゃないよ。豊臣の軍師的な人だっただけで」

「え、何にもしてない人が何で大河になってんの？」

雑オブ雑。説明に困る。何にもしていないわけではない。

「人気がある武将なんだよ。大坂夏の陣で家康の本陣まで攻め入ったり……」

「待って待って、大坂夏の陣って何だっけ」

そこから⁉　と目を剝《む》きそうになったが、妻は「あ、思い出した思い出した」と自己解決した。本当に解決しているかどうかは謎である。

「豊臣が徳川に滅ぼされたときのあれでしょ。春とか夏とか」

「冬。冬な」

さすがに見過ごせずに突っ込んでしまう。

「とにかく、豊臣に最期まで仕えた武将として講談とかで昔から人気があるわけ。でもどんだけ活躍しても結局豊臣は滅んだから歴史的には特に何かってわけじゃない」

「滅びの美学的なアレね、アイシーアイシー」

とても雑だ。

「ところでさ」

TV画面では真田一族が軍議中だ。

「真田丸って誰？」

そこから⁉　リターンズ。

「……真田丸は人ではない」

「ええっ⁉」

ええっ⁉　と言いたいのはこちらである。

「じゃあ何よ」

「……砦《とりで》？　城内の一部っていうか。本丸とか一の丸とか言うだろ」

妻に分かりやすい説明を脳内で組み立てる。

「大阪城を守るために絶妙な位置に砦を作ったんだよ。戦略的に全然重要じゃないんだけど大阪城を攻めるとき絶妙に邪魔になるってとこに。そんで横からちゃいちゃい嫌がらせをして徳川軍を苦しめた」

「へえー。人じゃなかったんだ。へえー」

妻はその衝撃から逃れられないらしい。

「主人公の幼名か何かだと思ってた」

「つーかほんっと歴史覚えないよね」

知識欲に乏しいタイプではないのだが、とにかく歴史についてのキャパが少ない。植物などは道端の雑草でもよく知っているのに、大坂の陣を春とか夏とか。TVを観ながら歴史上の人物や史実について説明したことは数知れないが、同じことを何度でも新鮮に聞いている。

「仕方ないじゃない」

彼女はけろりとそう言った。

「常に隣に歴史の先生がいるようなもんだもの、便利で覚えない」

便利で覚えない。――それは自分も心当たりがある。

「そういえば遺影とか大丈夫なの？」

数ヶ月前に彼女の祖母の遺影を探した記憶がそう訊《き》かせたらしい。

「もう決まってるから。兄貴のスマホに写真が入ってると思う」

「抜かりないねぇ、お義兄さん」

「親父が決めてあったんだよ」

「よっぽどお気に入りの写真があったんだ？」

気に入っていたかどうかは知らないが。

「おふくろのときの写真使ってくれって」

母の遺影は、二人でツアー旅行に参加したときのツーショットだった。真田幸村ゆかりの地を回るとかいうものだったか。葬儀屋が母だけ上手にデジタルで切り抜いた。

「俺もすぐ逝くから遺影はこれでいいって葬式のとき」

妻は台所だ何だで立ち働いていたので聞いていなかったらしい。

「……ラブラブだったねぇ、お義父さんとお義母さん」

自分の親にそんな言葉を使われると尻《しり》の据わりが悪い。でもまあ、

「ラブラブだったかな」

妻がヒューヒューと歌う。

「お義父さんのことが一段落ついたら旅行に行こうか」

「いいけど、どうしたの急に」

「いや、あたしたちも遺影になるような写真を更新しとかないと」

縁起でもない——とは言えない年だ。人生そろそろ折り返しに差しかかる。

「年一更新でどうよ」

悪くない。

遺影は楽しい思い出のものがよろしかろう。

「旅行中は喧嘩しないようにしような」

合点だ、と彼女も応じて合意が成立した。

fin.

物語の「種」

「レンゲ畑の写真」

――担当編集者

著者からひとこと

こちらも担当編集氏より。私の小説家としての原点は高知というイナカに生まれ育ったことだと思っているのだが、レンゲ畑はその原風景の一つ。色んなところで披露している話だが、関西に進学して都会の便利を浴びに浴びていた頃、友人とドライブに出かけた先でレンゲ畑に出くわした。ご存じのとおり一輪一輪が派手な花ではないのだが、田んぼの一反に面で咲き誇るレンゲソウは切り花には出せない生命力がある。百万本の薔薇《ばら》の花束はお金を出せば花屋で買えるが、レンゲ畑は見に行かなくては見られない。

こんな景色を何年見ていなかったのかと思い、こんな景色を毎年の春見ていたのだと思い出し、おらがイナカは大したもんだったのではと初めて思ったことでしたよ。

レンゲを黄色と思っていたのは我が夫であり、丸を人だと思っていたのは何を隠そうこの俺だ。

胡瓜と白菜、柚子を一添え

じいさんはまあまあ料理をやる。ばあさんもまあまあやる。

それがまあまあ問題なのであった。


夫の実家は静岡であり、彼女は高知で、出会ったのは大学の英会話サークルであった。進学先であった東京でお互い就職してからも長い長い友情が続き、もうこのまま一生の友人であろうと思っていたところ、三十路《みそじ》過ぎにひょんなことから恋人にクラスチェンジした。

長らくの友人期間はお互いのひととなりを知るには充分だったし、これから先の人生すごろくを意識したためもあって、婚約指輪を装備するのは早かった。両家に結婚の挨拶《あいさつ》に行くのも。

夫の実家は、新幹線の駅から海っぺたに向かう道の途中にあった。

「意外とのどかなのね」

駅周りはさすがに賑《にぎ》やかだったが、タクシーを拾って少し離れるとすぐ閑静な住宅街になった。畑や田んぼも景色の割合をそれなりに占めている。そんな中、敷地が大らかに広い家が多いことものどかな空気を生み出す一因だろう。

「そりゃあ大阪に比べたらね」

「比べるのは高知よ。郊外の景色が似てる」

彼女の家族は父が亡くなった後、母が大阪で家庭を持った弟宅に身を寄せたことで高知を引き払った。だが、彼女がふるさととして思い出すのはやはり高知だ。ただし、泊まりに帰れるほど気楽な親類は残っていない。

車が走る街並みは、もう手放した父の家の辺りに似ていた。

「こっちのほうが地べたが多いけどね」

「お？　それは誉めてるのか貶してるのか？」

「誉め言葉に聞こえなかったか、街の子よ」

「いや、高知は山が豊かとかいう自慢かと」

「平地が多い地方は農業的には豊かなのよ。県土の83・4％が山林になってみ、耕す地べたがそもそもないんだから」

海の際まで山が迫っているような地形も少なくない高知である。

「そんなことも分からぬとは所詮《しょせん》街の子」

「クッソ、結局ディスられた」

「実用県土16・6％でシェア上位の作物いくつも持ってる高知農民のガッツにひれ伏せ」

「ディスった上に誇られた」

「なす、ピーマン、ししとう、ミョウガ、ニラ、ショウガ、大体この辺生産量一位ね。ミョウガのシェアは90％だったかな、あたし調べ」

「ボコ殴り来た」

「あと忘れちゃいけない、ゆずもね」

夫の軽口がふと止《や》んだ。そういえば自分たちの馴《な》れ初《そ》めは高知のゆずであった。

行きずりのタクシー運転手がそんなことを知るわけもないのに、急に気恥ずかしくなった。

「おとうさんとおかあさん、気に入ってくれるかな」

トランクに入っている手土産である。東京で評判のお菓子の他に、高知ゆず商品の第一人者、馬路《うまじ》村のギフトセットを取り寄せた。

自分のルーツをまだ見ぬ義理の両親に贈りたかった。全国どこにでも通用すると彼女が信じているふるさとのゆずに、一つ願を掛けてあった。

彼女の好きな高知のゆずを気に入ってくれたら、夫の両親と上手《うま》くいく。

そんな願掛けを知る由もないが、夫は大丈夫大丈夫と安請け合いした。

「割と話合うと思うよ。うちの両親も最近家庭菜園やってるから、さっきみたいな話は好きだと思う」

市民農園でも借りているのかなと思ったら、大雑把に広い庭を掘っくり返した実家に着いた。芝生を途中まで引っぺがした跡が生々しい手作り感あふれる畑に、ひょろひょろと菜っ葉やネギが植えてあった。

なるほどビギナー。この大雑把さは嫌いではない。

結論から言うと、大歓迎であった。義父も義母も緊張していたのか、玄関でまあまあまあまあまあまああの連呼になったが、部屋に上がって手土産を出すと義母から「あらまあっ」が出た。

「これ、高知の、ねえ！　知ってるわ」

すかさず義父が「馬路村だよ、馬路村」と被《かぶ》せてくる。義母は競うように更に被せた。

「スーパーでも置いてあるのよ、これ。ぽん酢。お父さん自分で買ったことないでしょ」

ぽん酢はすでに全国区になっているので、他の商品もセットになったものを選んだ。その名もごっくん馬路村というゆずドリンクに、ゆず七味やゆず味噌である。

「あらぁ、馬路村公認飲料なの。面白いことするわねぇ」

ごっくん馬路村が摑《つか》んだ。ふるさと様、馬路村様。

「お酒の割り物にしても美味《おい》しいんです、焼酎《しょうちゅう》とか」

「じゃあ晩酌でさっそく僕とやろうか、秘蔵のがある」

義父の焼酎好きはリサーチ済みだ。

「母さんは下戸だから生《き》のままやってなさい」

「こういうものはそのままが一番美味しいと相場が決まってるんです」

端々《はしばし》張り合うな、と思っていたら夕飯でピークが来た。

「ちらし寿司どうぞ、お口に合うといいんだけど」

「酒を飲む前に飯粒なんてあるか。カルパッチョをおあがりなさい、今日はいい鯛《たい》があってね」

「あら、鯛は昆布締めが一番だわよ」

「あらと言うならあら煮もいいぞ。早く出しなさい」

代わる代わる自分が作ったというものを激推ししてくるのであった。二人とも料理が好きなのだろう、なかなかやる。が、何しろ二人がかりなので品数が多い。

ちらし寿司も頂戴《ちょうだい》していいかげん腹がくちくなった頃、義父と義母が何やら目を見交わした。

「あのー、これは作ってみただけだから、無理に食べなくていいんだけどね」

「ああ、母さん、僕のも」

最後に冷蔵庫からおずおずと登場したのは小鉢が二つであった。

小松菜とうすあげの煮びたし。ネギのぬた。

「ネギは僕なんだけどね」

「小松菜は私が作ったのよ」

ひょろひょろ植わっていたあれか。ここへ来て素材勝負。判定やいかに。

「……ど、ち、ら、に、しようかな、裏の権兵衛《ごんべえ》さんに訊《き》いたら分かるぞね」

煮びたしとぬたを交互に指差す。

「えー！　高知バージョンそれ⁉」

だいぶ酔いが回っているのか、夫の声はでかかった。

「裏の権兵衛さんって誰よ⁉　天の神様でしょ、ふつう！」

「は？　権兵衛さんご存じない？　有名よ？」

「どこでよ！」

「高知でよ」

神聖なお伺いが止まってしまった。最初から唄《うた》い直す。

「どちらにしようかな、裏の権兵衛さんに訊いたら分かるぞね」

右、左、右、左、右、左……

「太鼓を打ってどんどこしょ。もひとつおまけにどーんーどーこーしょっ」

裏の権兵衛さんは煮びたしと仰《おつしや》ったので、先に煮びたしの小鉢を取る。

「太鼓⁉　打ち鳴らしちゃうの⁉　ウケる！」

やかましい。

「静岡はどうだっちゅうのよ」

「おずずのずのずのず」

「何じゃそら！　呪文か！」

突っ込んでから我に返る。しまった、ご両親の前だった。

「確かに呪文っぽいわね！」

義母も釣られてか声がでかい。ノリはセーフか？　セーフだ。

「太鼓いいじゃないか、太鼓。楽しそうだし景気がいい。さすが南国だ」

意味の分からない高知アゲ来た。

「それにお前、ふつうと決めつけるのは良くない。父さんの実家のほうは『ぎったんばっこん』だった」

義父はんんっと喉《のど》を調えてから唄いだした。

「ぎったんばっこんぎったんばっこん、白豆赤豆茶色豆、鉄砲撃ってばんばんばん」

「ええー！」

母と息子でハモった。

「お父さんのほう、そうだったの！　あらー。私おずずしか知らなかったわー」

「お母さんがおずずだったから合わせたんだ」

義父母はどちらも静岡だと聞いていたが、バリエーションが広い。

「だから権兵衛さんが太鼓を打ったっていい。鉄砲だと死ぬしな」

「殺すの⁉」

「殺す以外に鉄砲何に使うんだ」

「いや、どちらにしようかなで人殺さないよね？」

「人とは限らないでしょ、イノシシとかクマとか鳥とか」

物騒な父と息子の会話に軟着陸地点を示すと、全員から拍手された。

さて、煮びたし。次いでぬた。

義父と義母が熱く見つめる。どっちがおいしい？　とは直截《ちょくさい》に訊かないものの、自分のほうがおいしいと言ってほしそうな気配はありあり。

言えるか、嫁（予定）の立場になれ。

「どっちもおいしいです」

「じゃ、どっちが好き？」

義母から問題発言キタ。もっと言えるか！

夫は助け船を出さなかった。興味津々で聴いている。使えねえなお前。

「お酒に合うのはこっちですね」

義父の小鼻がぷくり。

「白いごはんと食べたいのはこっちです。朝ごはんでこんな小鉢ついてきたらしみる」

義母の小鼻がぷくり。

どちらも自分が勝ったと思っている。

夕餉《ゆうげ》はそこでお開きとなり、風呂を借りて客間で就寝。

「あのね、ああいうときは助け船出すもんよ」

もちろんバトルの最終カードである。夫は「面白くなっちゃって」と頭を掻《か》いた。

「嫁の立場でジャッジできるわけないでしょ」

「大丈夫だよ、ああやって対決するのが好きな人たちだから」

「なるほど、あんたのルーツはそこか」

大学のときもサークルで何かとふるさと対決に持ち込まれた。みかん戦争に鰻《うなぎ》戦争。——いや、鰻は自分から突っかかったんだったか。しかし最初の抗争は夫が仕掛けたみかんであった。だとしたらその対決のレクリエーション性は知っている。まあまあに楽しい。

「それにしたってさ」

義父母の対決の審判員は嫁には荷が重すぎる。

「君なら上手く切り抜けると思って」

苦情の出鼻は笑顔でくじかれた。

「ああ言えばこう言う、みたいなの上手いじゃん。サークルの頃から。俺しょっちゅうやり込められてたけど、君にやり込められるの何か楽しかったんだよね」

お前もな。彼女のほうは夫に一本取られた記憶ばかりだ。

「うちの両親も上手に手玉に取るんだろうなって思ったら嬉しくなっちゃって」

しれっと胸にキュンを投げ込んできた夫は、あっなたっのいいとこ見てみたい、それ、と唄いはじめた。今だとアルハラ案件になるやつである。

助け船を出せぇい、とエルボーを軽めに打ち落とす。

「まあでも、あんたのおとうさんとおかあさん、嫌いじゃないわ」

好きとは敢えて言わない。嫌いじゃない、そこいらから始めていったほうが関係の伸びしろは多そうだ。

翌朝はあじの開きをメインにしたお膳に煮びたしがついてきた。

義母の小鼻はやはりぷくり。

ほかほかの白いごはんに載せて食べると、滋味が体にしみた。

「うん、一晩寝かせてよくしみてるな」

そう言ったのは義父であった。

義母の小鼻はまた嬉しそうにぷくりと膨らんだ。


あれから十年。思えば遠くへ来たもんだ。

人生すごろくは男児を一人授かる目が出て、来年には小学生だ。バトルが好きな義父と義母はじいさんとばあさんにクラスチェンジし、やはりバトルが続いている。

料理もさることながら、園芸がバチバチだ。初孫の心を少しでも自分が捉《とら》えようと姑息《こそく》な争いが繰り広げられている。

じいさんがイチゴを植えたら、次はばあさんがサツマイモを植える。

じいじのイチゴはおいしいよなぁ、と練乳をかければばあさんがずるいと練乳の反則を糾《ただ》し、ばあばのおいも掘りが楽しいよねぇ、と言いながら掘った芋を栗きんとんに仕立てる。

「それはずるいんじゃないか、栗は反則だろう。市販の瓶詰めじゃないか、最初からおいしい」

「練乳頼みだった人に言われたくないわね、ホホホ」

「練乳は調味料だ、栗は何ならメインじゃないか」

「おせちできんとんの栗だけほじるような心がけだからそう思うんでしょうよ」

毎回まあ大人げないのであった。

息子には翻弄《ほんろう》するようにと教育している。

「じゃあどっちか決めてあげて〜」

そう促すと、息子はじいさんとばあさんを交互に指差しはじめる。

「どちらにしようかな……」

「じいじから！　じいじからだよ！」

「ばあばからよ！」

じいさんとばあさんが色めき立つのは、実家で主流のおずずだったら先に指差したほうが勝つからだ。

だが、息子が通う幼稚園では、なのなのな、柿の種、と続くのが主流で、これだと勝敗が逆転するのである。

そして息子がどちらを先に指差すか、おずずにするかなのなにするかは完全にランダムなのであった。

そのときはおずずでじいさんが敗北した。

「くっそう。ぎったんばっこんを教えなくては……」

「あのさ、ぎったんばっこんもおずずと結果いっしょだからね」

夫の指摘にじいさん驚愕《きょうがく》。

「じゃあ……」

「裏の権兵衛もいっしょですよ」

更に驚愕。

そんなこんなで帰省のときは賑やかに過ごしていたのだが、今年の夏休みは質の良くない風邪が全国的に流行《はや》ったせいで帰省が憚《はばか》られる空気になった。

『もう～。一緒にランドセル選ぶの楽しみにしてたのに～』

夫の実家は、孫の顔を見たいパワーでリモート環境が急速に整い、パソコン越しに対面通話が可能になっていた。

去年の夏休みは、来年ランドセルを買おうねと約束して帰路についたのだった。

ただ、ランドセルについてのみは一緒に買う展開がなくなったことに彼女はほっとしている。園のママ友から、男児が戦隊ヒーローばりのギミックや飾りがついたド派手なランドセルを希望して覆せなかった話をいくつも聞いていたからだ。小学校は六年間あるので、流行り廃《すた》りがない無難なものを調達したいのが親心である。息子は移ろいやすい流行に飛び乗りたいお年頃なので危険危険。

「お義母《かあ》さんのセンスですてきなのを選んであげてください」

じいさんのセンスだと男児とおっつかっつになるということがこれまでの付き合いで判明している。正月にデコトラのような凧《たこ》を用意して待っていた。含ませたニュアンスにばあさんは合点承知の顔だ。

『そんなことより、お前』

割って入ったじいさんは、何となく自分が弾《はじ》かれていることが分かるらしい。つまらないのでさっさと話題を切り替えたい。

『漬け物は届いたのか訊きなさい』

して、バトルであった。

息子は酒飲みの両親に似たのか味覚が渋く、漬け物だの佃煮《つくだに》だのちょいと箸休《はしやす》め系のおかずをよく食べるようになってきた。それを聞きつけたじいさんとばあさんは、さっそくそれぞれ自慢の漬け物をクール便で送って寄越したのである。

じいさんはキュウリの一本漬け。ばあさんは白菜の古漬けであった。白菜は冬が旬だと思っていたが、じいさんのキュウリと戦うためにばあさんは夏蒔《ま》きの白菜を植えたそうな。

「さっき届いたところです。お茶請けで少し切って食べましたけど、どっちもおいしいですよ」

『そうじゃない』

画面の向こうで声がハモった。こんなときは息ぴったりだ。孫だ、孫の判定を寄越せ。

そう来ることは分かっていたし、決着が唄になることも分かっている。

だが、今回ばかりはじいさんとばあさんの勝敗を決めさせるのがいたたまれなかった。仕方のないこととはいえ、お盆の帰省が飛んだことはじいさんもばあさんも寂しいに決まっているのだ。

じいさんは定年退職した会社で少しはパソコンを触っていたが、ばあさんはガラケーの民だった。

それが今や二人ともコンピューターおじいちゃんとコンピューターおばあちゃんである。

愛あればこそ。

『今だ、今食べさせてくれ』

『今食べてくれるよね〜え』

夫が横から大人げないなと苦笑する。合間の会話を夫と息子に任せて彼女は台所に立った。

トレイに漬け物セットを載せて戻る。ほかほかごはんのお椀《わん》をふたつ。夕飯にはまだ早い時間なので、おやつがてらにほんの小盛りで。

「スペシャルコースで行きまーす」

およよ？　目をぱちくりさせるじいさんとばあさんの前で、お椀にキュウリと白菜をてんてん並べる。ティーバッグだが、急須《きゅうす》のほうじ茶を回しかけ、馬路村のぽん酢をひとたらし。最後にきざみ海苔《のり》をぱらり。

「お茶漬けー！」

息子が歓声を上げ、画面の中でじいさんとばあさんがうぬぬと呻《うめ》いた。

「大人はこれも足してみようか」

夫のお椀には馬路村のゆず七味をさっと一振り。ぽん酢とゆず七味は常備品だ。東京は銀座《ぎんざ》の高知県アンテナショップで買えるのがありがたい。

息子の「おいしい」は怪獣のような金切り声と化した。猛然とかき込む。

「ゆず七味いいね、これ」

旦那もすすり込む。

「どっちがおいしかった？」

彼女が尋ねると、息子は元気いっぱいに「お茶漬けがおいしかった！」と答えた。

ぐぬぬ、とじいさんとばあさんは黙り込んだ。

『嫁に上前をはねられた……』

『ずるいわ、そっちだけそんなおいしいもの』

冷凍ごはんしかないのよね今、と言いながらばあさんが離席した。馬路村のぽん酢とゆず七味は、結婚の挨拶で手土産にしたときから実家でも通販で常備品になっている。ほぼ同じ仕上がりのものができるはずだ。

こちらがたいらげたしばらく後に、じいさんとばあさんもお茶漬けをすすった。

『これはいいわね、キュウリと白菜のマリーアントワネットだわ』

多分マリアージュと言いたかった。しかしまあ、あながち間違っていない。キュウリと白菜、どちらか決められないならお茶漬けにすればいいじゃない。

『いやいや、ゆずが利いてるよ』

じいさんは嫁を立ててくれたらしい。

そういや願が叶《かな》ったな、と思い出した。挨拶の手土産に馬路村ギフト。気に入ってくれたら夫の両親と上手くいく。

まあまあ困ったじいさんとばあさんだが、嫁がまあまあ無遠慮にやれる程度に関係は良好だ。

彼女のルーツは、これからも折々彼女を支えてくれるのだろう。

『馬路村さぁ、一回行ってみたいよねぇ』

お茶漬けをすすり終えたじいさんが言った。

『ずっとここの買ってるからさ、何か自分の田舎みたいに思えてきちゃってね』

もう高知に帰る実家はない。生活の基盤は東京に移り、そうなってくるとそうそう行くこともないだろうと思っていた。

『いいわね、旅行できるようになったらみんなで行きましょうよ』

遠のいたと思っていたふるさとが、急に手繰り寄せられた。まあまあ困ったじいさんばあさんによって。

「馬路村、村営の温泉旅館ありますよ」

『決まりね！　お正月に行けるといいわね、寒い時期に南国なんてすてき』

「冬、めっちゃ寒いですよ。暖かいのは静岡のほうが全然上です」

『南国なのに⁉　どういうこと⁉』

わいわい賑やかに盛り上がり、リモート通話終了。

いやー、と長く息を吐く。

「いいとこ嫁《とつ》いだわ、あたし」

恐縮です、と夫がにやり。息子を任せてお膳を下げる。流れるように自然。目元は見せぬ。

まあまあ困ったじいさんとばあさんにほろりと泣かされたなど、無遠慮な嫁の名折れである。

fin.

物語の「種」

「胡瓜と白菜どっちが好き?」
――投稿者 りり さん(女・19歳)

著者からひとこと

読者さんからの初お題こちらとなりました。作家がどういう種から物語を見つけるか、この本を読むとうっすら窺《うかが》えるやもしれない。例えばだが、設定からシチュエーション、キャラクターや物語の展開まで作り込まれたあらすじ状のものが来ると「これはもう私が出る幕じゃないな」となる。そこまで緻密《ちみつ》に作り込まれたものはもう種ではなく立派な苗になっているので、ご自分で育てたほうが生き生きと花開くはず。レッツトライ、書くことを気軽に楽しんでみてほしい。

興味深いが本格的な取材が必要な種もこの企画では見送らせて頂いた。遠出が難しいコロナ禍の時節柄、そして企画のサイズ感に見合わないため。スケールの大きな長尺にならざるを得ないテーマが多かったのだ。

意外と物語が芽吹きやすいのがこちらのような何気ないワンワード。「頼もう」「どぉーれー」

的な呼吸が成立するキーワードを見つける人は編集者的な能力が高いように思う。そういう種もたくさんあったが、迷うと遭難するので目に入って冒頭の何行かがつらつらっと浮かんだものを順に拾わせていただいた。

　数行転がすうちに『ゆず、香る』（『倒れるときは前のめり』収録）の後日談へとつながった。あの二人も名前をつけていなかったのでちょうどよかった。この企画はキャラクターの人名が登場しない縛りだったもので（キャラクターの名付けが苦手で、短編などは名前を考えているだけで数日を空費してしまうのでいつしか人称代名詞で突っ切りがちな私になった）。

　自分一人ではあの二人のその後を書こうとは思いつかなかったので、内角のいいとこにえぐりこんでくるいい種を頂戴しました。

我らを救い給いしもの

中学の社会の時間であった。地元の施設について調べましょうという課題で道の駅がテーマとなった。

道の駅について知っていることや意見を述べましょう、と社会科教師が導入した。

野菜が安い。

おいしいお総菜が売っている。

ソフトクリームも。

手作りのパウンドケーキやクッキー。

端切れで作った小物、フクロウとか。

手作りのかっぽう着や腕カバー。

地元において道の駅は気安く出かけていけるアミューズメントでもあったので、生徒の意見はぽんぽんと弾むように出た。教師がそれを板書していく。

意見が一定出尽くした頃、ショートカットの女生徒がすらりと手を挙げた。クラスで一番足の速い子だった。彼女とは小学校が一緒で、割と仲のいい友達だった。

「国が初めて作った気の利いた箱物です」

急に飛び出した大人びた意見に、ややぼんやりとした社会科教師は目を白黒させていた。箱物という身近でない単語にクラスメイトもきょとんとしている。

ぼんやりとした社会科教師は、ううんと困ったように唸《うな》った。

「……あー、そういう子供らしくない意見じゃなくてだな」

ショートカットの友達も不服そうな顔をしたが、彼女も口がひん曲がった。ぼんやりじゃない、この教師はぼんくらだ。

友達は明らかに道の駅について核心を衝《つ》く意見を述べたことが彼女には分かった。というのは、彼女がそのとき読んでいた小説にもそういうことが書かれていたからだ。観光業に詳しい熟年のキャラクターが道の駅についてそう語っている場面があった。

自分と同い年なのに、小説に書かれていることと同じことを思いつくなんて。何てかっこいいんだろう。

それなのに、子供らしくないなんていうこの世で一番つまらない理由で否定されるなんて。先生、子供らしくないから取り上げないなんておかしいです。本にだって書かれています。友達のようにすらりと手を挙げて、そう言えたなら。しかし、授業中に教師を真っ向批判するのは、いささか勇気のいることだった。

手を挙げようか挙げまいか右手をそわそわしているうちに、発表の時間は終わってしまった。教師は板書した項目について、社会科見学で調べてみましょうと提案した。意見を募ったのは単なる前振りだったらしい。――つまんない男。小説の中に出てくるかっこいい大人とは比べ物にならない。

それに比べて、ショートカットの友達の何て輝いていることだろう。

つまらない男のつまらない授業が終わるのを待ちかねて、彼女は友達のところに飛んでいった。

「ねえ、さっきのすごいじゃん！」

話しかけると友達は席からきょとんと彼女を見上げた。

「ほら、気の利いた箱物」

「あー、あれ」

友達は苦笑いして頭を掻《か》いた。

「超すべったけどね～」

「そんなことないよ、あいつがダサいんだって。だって本にもおんなじこと書いてあったんだよ、ほら」

見せたのは自分の席からいそいそ持参した本だ。県庁の観光課を舞台にした小説である。その場面を開いて見せると、友達の目が探すようにページの上をさまよった。本は読み慣れていないらしい。

「……あー、ほんとだ。あたし、おとんの受け売りだったんだけど」

聞くと、友達の父上はそれこそ県庁の観光課に勤めているという。

「じゃあこれ読んでみない？　お父さんのお仕事とか身近に感じて面白いかも」

「おとんの仕事なんて別にどうでもいいけどさ……」

と言いつつ友達は本をパラパラとめくった。それなりに目が文字を追おうとしている。

「ちょっと分厚くない？」

「大丈夫だよ、文章読みやすいから」

「そっかぁ。それなら朝読とかにいいかなぁ」

朝の読書運動、略して朝読は、この小説流に言えば文科省が初めて気の利いた制度を作ったということになるだろう。朝、一時間目が始まる前の十分間、好きな本を読むだけで何やら教師の心証が良くなる。活字中毒の彼女にしてみればやらずぶったくり丸儲《まるもう》けのような制度だ。

「貸してあげる」

えー、でも、と友達は少し気後れする様子を見せた。

「読んでる途中でしょ？」

「もう何度も読んでるの。それに他の本も持ってきてるし」

「じゃあ借りよかな……」

「ぜひぜひ！」

半ば強引に貸して、後はやいやい言わずに見守った。読書仲間を作る鉄則だ。本は一人で読むのも楽しいが、同じ本を好きな友達とあれこれ話すのも楽しい。小学生のときは『名探偵三日月キヨシ』仲間がいたが、家が離れていたので中学で学区が分かれてしまった。

友達は朝読の時間ごとに彼女の貸した本をめくっているようだった。最初はページの束が少しずつ、やがて毎朝の開く束の厚みが増えた。十分間の朝読で読み進むわけもない厚みで、家でもきっと読んでいる。

しめしめ、もう少し。

ある日、友達は学校に来るなり彼女のところへ駆け寄ってきた。

「ねえ、あの本、うちのおとんが家で言ってたことほぼほぼそのまま載っててね！」

「ああ、道の駅の？」

「それだけじゃなくて、おとんが仕事のことでカッコつけて言うことほぼほぼ！　名刺は名前を刺す道具だとかテーマパーク日本全国とか！」

どちらもその作品のキーワードとして出てくる。

「そんでおかしいなーと思っておとん問い詰めたら、仕事の研修でこの本使ってるんだって！」

「えーっ、すごい！」

自分の好きな本が役所の研修で使われているなんて！　自分のセンスがいいと保証されたような誇らしい気持ちになった。

「だからうちのおとんのカッコつけ、ほぼほぼこの本の受け売り！」

友達はそう言ってウケるとけらけら笑った。

「おとんもこの本面白かったんだって」

おとん「も」。も、ということは？

「めっちゃ面白かった！　おとんも頑張ってんだなーって思ったし」

やった。薦めて面白かったと返ってくるのは最高である。

「これ返すね。この作家さんの本、他にも持ってたら貸してくれる？」

最の最の高だ。

ショートカットで足の速い、小学校が一緒の割と仲のいい友達は、こうして彼女の読書仲間になった。

彼女は寸暇を惜しんで本を読みたいあまりの帰宅部だったが、友達も意外や帰宅部、そのうえ帰り道も途中まで同じだったので、自然と一緒に帰るようになった。

「せっかく足が速いのに部活とかやんないの？」

実際、陸上の顧問でもある体育教師に授業でちょいちょいスカウトされている。まだ間に合う、今がチャンスという誘い文句は、まもなく夏休みだったからだろう。夏休みの練習に参加すれば来年には短距離選手も夢じゃないとか何とか。

「いやー、ダメダメ。あたしあの鉄砲ダメなのよ」

「鉄砲ってあれ？　スターター？」

「そうそう。あのパァンっていうのが無理。練習はまだいいんだけど、試合だと緊張しまくってヒィってなる。小学校のときもビクゥってなって出遅れるかフライングかどっちかでさぁ」

「へえ、意外」

運動ができる人には勝負度胸も備わっていると思っていた。

「こう見えてウサギの心臓なのよー」

そう言って友達はニッと笑った。先日貸した本に出てきた表現だ。胸がくすぐったくなるようで釣られて笑ってしまう。

「分かる、あたしもあれ苦手。ビビるよね」

「練習いいタイム出るだけにみんな超ガッカリするじゃん？　もう人の期待を裏切る人生なんてイヤなのよ。足ちょっと速いだけだし」

「いやいや、足速いのは才能よ〜」

「そっちこそじゃん」

何言ってんのという顔で返されて頭がハテナで満ち満ちた。思い当たる才能の節がない。

「本読む天才じゃん。貸してもらったの全部面白いし」

友達は彼女の薦める本を片っ端から読んでくれるうえ、ハマる打率は百発百中だった。一緒に語れる作家も大分増えた。

「何でこんな面白い本ばっかり知ってるのってびっくりするわ、毎度」

また胸がくすぐったい。手放しの絶賛に鼻が高くなりつつ、照れくさくて背中も少々むずむず。

「面白いって思った本だけ薦めてるからさ〜」

「つまんないのもあるんだ？」

「そりゃ中にはあるよ。でもそれが面白いって人もいると思う、あたしに面白くないだけで」

「あー、じゃあ、あたしらセンス合うんだね」

まるで特大の勲章を突然差し出されたようだった。

そうは言っても足の速い世界の住人だ。運動が得意でない彼女からすれば、体育の時間に憂鬱《ゆううつ》にならなくて済むだけでリア充だ。コドモの世界において運動ができるということはパスポートをひとつ持っているに等しい。取り敢えず周りに一目置かれる。

そんな世界の住人とセンスが合うなんてことが自分の人生に起こるとは。

「そうだね、センス合うよね」

できるだけさりげなく向こうの耳に届いていますように。

「絶対合うって！」

断言の口調にまた勲章。嬉し恥ずか死ぬ。

「だって好きになるキャラも大体一緒じゃん？　キバやんとかさ〜」

キバやんというのはそのとき貸していた本の登場人物だ。陸上部の高校生の青春物。棒高跳びをやっているヒロインが思いを寄せる短距離走のエースで、つっけんどんだが要所要所で優しいツンデレ枠。

「あんた、陸上部入ってたらキバやんみたいな人いたかもよ〜」

「いや〜、道具使う競技はちょっとね〜」

顔をしかめてナイナイと手を振る様子がおかしくて笑ってしまった。

「道具はちょっとナイけど、キバやんみたいな人いたら絶対好きになるわ〜」

「好きになる自信がありすぎる」

ひとしきり萌《も》え語りで騒いだ後に、友達があっと声を上げた。

「待って、やばくない⁉」

「キバやんのデレが？」

「そうじゃなくて！　親友同士で男のタイプ一緒だったらやばくない？」

思わず言葉を失った。——それはあたしとあんたのことか。

「やばいよね！　キバやん取り合いになるよ！」

「……いやいや、キバやんはあんたのものよ」

ヒロインの属性は天然だ。天然の無邪気発言の数々に刺されてキバやんは落ちる展開である。

「あたしは親友のために身を引くわ」

あたしはこんなふうにおどけてしか言えやしないよ。

「ちょっと待って、あんたそれ自分だけしれっといい女になってない？」

「いやいや、親友のためですから」

「うわ、むっかつく～！　あたしだって身ィ引けますから！　あんたが取っときなさいよ！」

「いやいや、熨斗《のし》つけて差し上げますから」

最後はキバやんの押し付け合いになってしまった。


同じ本を通じて次から次へと萌えのウェーブを乗りこなす中学生活に突入した。

親友は心強い萌えの相棒だった。相棒なので親友のことは始終見ていた。

親友のことをチラチラ横目で窺《うかが》っている男子が数人いるな、ということは親友を見ていたから気づいた。彼女と親友の楽しいしゃべり場を物欲しげな顔で通りすがる男子にささやかな優越感を感じつつ。

仲良くなりたいだろうけどごめんね。あたしたちはあたしたちで喋《しゃべ》るのが楽しい。

二学期半ばの席替えでしゃべり場の布陣は最強になった。彼女と親友は席が前後になったのだ。親友が前で彼女が後ろ。休み時間のチャイムが鳴るや否《いな》や親友がくるりと後ろを振り返って対面だ。親友をちらちら窺っている男子はますます入り込む隙間がない。

そんな中、果敢な男子が一人いた。陸上部に入った男子だ。

「なぁ、お前今からでも陸上部に入れよ～」

そんなふうにちょいちょい声をかけてくる。再三の勧誘にも拘《かかわ》らず結局陸上部に入らなかった親友を、顧問が随分惜しがっているという。話しかけるいい口実だっただろう。

「あたしメンタル弱いからさ〜。よろしく言っといて」

親友は毎度そんなふうに軽くあしらう。あしらわれることも嬉しいのだろう、表情筋と感情が直結しているタイプだった。

彼女と親友はこっそりモドキと呼んでいた。陸上部で短距離なのでそこだけキバやんと一緒、イラストに描かれた髪型もちょっと似ている、だがヘラヘラ話しかけてくる中身は似ても似つかないのでキバやんモドキ。本人の名前のもじりでもある。

「もー、モドキいつまでもしつこいわ〜」

あんたのこと好きなんだよ、なんてつまらないことは言わない。脈はないけど頑張れ、くらいは思うが、二人にとってモドキはいないときは全く思い出さないその他大勢の存在だった。

彼女にとって最も重要な人物は親友だし、親友にとって最も重要な人物は彼女であって、たまにちょっかいをかけてくる男子などが割って入る隙はないのであった。次から次へと押し寄せてくるウェーブを乗りこなすのに忙しい。

そのとき、どの波に乗っていたかは、多分一生忘れない。

架空世界の戦記物のシリーズだった。敵にも味方にも様々なタイプの指揮官が出てきて智略を戦わせる血沸き肉躍る展開、そこに絡み合ってくる人間模様やちょっとした息抜きエピソードが実にいい萌えを育《はぐく》み、育まれた萌えは更なる燃えの燃料にもなるのであった。

それぞれの指揮官にファンがつくようなシリーズだったが、そのときもやっぱり彼女と親友の推しは同じだった。部下に厳しくも優しいツンデレ少尉。

「あたしらツンデレに弱すぎるでしょ」

「ツンデレに逆らえないこの呪われし血よ……」

ただし、ツンデレなら何でもいいわけではない。その少尉は良いツンデレだった。キバやんを少し思い起こさせる。

「もしキバやんがこの世界に転生したら……」

「逆に少尉が現代の高校生に転生したら……」

開けてはならない沼のフタをちょいちょい開けつつ、二人でモリモリその長期シリーズを読み進めていた。

彼女は本といえば両親が何でも買い与えてくれる家だったので、彼女が買ってもらったものを順次親友に貸す流れだった。親友が読み終わるまでネタバレはなし。

「新しいエピ出てくると前の巻に戻りたくなるよね〜」

「いつでも貸すよ」

「ん〜、でも自分の欲しい。盛り上がったときいつでも読みたいのよ。ちょっと親父ハメようかと思ってる」

例の観光課勤めの父親だ。仲良くなったきっかけの本では随分親子で盛り上がったという。

「お父さん異世界ＳＦ大丈夫？」

「いけると思う、深夜アニメとかけっこう好きだし。二巻までもう一回貸してくれる？」

「オッケ、二巻まで読んだら完全にハマるよね」

そんな悪巧みをした翌日、さっそく二巻までを学校に持っていった。

「思い立ったが吉日ってね」

机の上に二冊を出すと、親友はまるで神社で拝むように彼女に柏手《かしわで》を打った。

「それ、お前の？」

弾んだ声をかけてきたのはモドキである。

「面白いよな、それ」

モドキ、なかなかいい趣味じゃないか、と少しばかり見直した。

「あたしのだよ。面白いよね」

彼女がそう答えると、モドキは途端に興味を失った顔をした。表情筋と感情が直結、モドキはただありのままにモドキだった。

「なーんだ」

こぼれた呟《つぶや》きも多分悪気はなかったのだろう。ただただモドキであるだけで。

別にモドキに何か特別な感情を持っていたわけではない。視界に入ってこない限りは思い出しもしないその他大勢の男子の一人である。

それなのに、何だろうこの気持ちは。通り魔にざっくり斬《き》られたような——いや、こんな奴に斬られたなんて認めてたまるか。傷つけられたなんて認めてたまるか。こっちだってアウトオブ眼中である。

ただ、同じ本が好きだったことで沸いた気持ちにどうしようもなく冷たい水を差された。その事実は覆せない。

「うっせボケ！　失《う》せろ！」

吐き捨てたのは親友だった。

ドスの利いた低い声に彼女も驚いたが、モドキも分かりやすくショックを受けていた。表情筋と感情はやはり直結。

「二度とあたしらの世界に入ってくんな！」

モドキはどう取り繕ったらいいのか分からなかったのだろう、へどもどヘラヘラしながら立ち去った。

親友は忌々しさに満ちあふれた声でクソがと呟いた。

「モドキなんてとんでもねえわ、モドキですらなかったわ」

あーもう、とガリガリ頭を掻く。

「キバやんに焼き土下座で謝りたい。部活と髪型だけとはいえ、あんなヤツと重ねるなんて」

冷たい水を差された気持ちに熱い湯が差される。源泉一〇〇パー。

クソが、と親友はまた呟いた。口汚いのに不思議なほど清々《すがすが》しい。

「大体あんな奴にこの本の良さが分かるわけがない」

そうだね、とやっと相槌《あいづち》を打てた。

あたしたちの『面白い』とあいつの『面白い』が一緒であろうはずがない。

モドキはその日からピタリと親友に寄ってこなくなった。あいつは性格が悪いクソ女だと陰で言いふらしているらしい。

「クソにクソって言われたところで」

親友は鼻で笑った。

あれから何年経ったやら。


「ブス！」

そう吐き捨てられたのは、外回りの途中だった。

とっさに振り返ったが、吐き捨てた相手は既に雑踏にまぎれて分からない。

世の中には大なり小なり通り魔がたくさんいて、通りすがりの女に何の脈絡もなくブスと吐き捨てるくらいはチンケな小物だ。

それでもノーダメージというわけにはいかない。

電車に乗ってから中学時代の親友にメッセージを打った。

通りすがりにブスと吐き捨てるクソに遭遇。むかつく～！

ややあってぴろんと返信。向こうも仕事の合間らしい。

犬に食われろ！

ノンノン、とまた戻す。

犬かわいそう、下痢しちゃう。

ぴろんと即レス。

それもそうだ。じゃあ犬のクソを踏め。

ははっと小さく口の中で笑いが漏れた。口汚くて清々しい、昔とまったく変わらない。

どっちかっていうとこっちが犬のクソ踏んだ気分だけどね〜。

いや、お犬様のウンコなら洗えば済むので簡単だ、と思い直す。

後を引く忌々しさは何を踏めば匹敵するか。

訂正、ガムだわ。

他人の噛み捨てたガムを踏んだときの何とも言えない忌々しさとおぞましさ、始末の悪さ。

親友からもすぐに「真理！」と返信が来た。

それにしてもむかつくわ〜。ブスに匹敵する男向けのパワーワードってないよね。

親友のレスは考え込んだのか少し遅れた。

ブサイク？

四文字だから速さで負ける。

やっぱクソか。

ブスのほうが強い気がする。

キモ！　でどうよ。

それはまああまあ。

ブスと吐き捨ててくる奴にはキモ！　と返すというところで合意した。暴力には暴力を。

でもまあ、逆ギレされてもつまんないから無視無視！　そいつ幸せじゃないんだよ。

すとんと腑に落ちた。確かに幸せな人は他人に悪意をぶつけたりしないだろう。

では自分は幸せかと問われると、臆面《おくめん》もなく幸せだと答えられるほどでもないが、他人に悪意をぶつけなくては収まらないほど不幸でもない。

ガムを踏むのは不運だが、不幸ではない。

ありがと、おかげですっきりした！

親友とのメッセージはそこからいつもの萌え話にスライドした。

やり取りを終えてふと気づくと口角が上がっていた。

不運を幸せで上書きするのは意外と簡単だ、好きなもので押し流せばいい。

あのときも好きなもので押し流したな、と中学時代をふと思い出す。

モドキが親友を敵視したことで、親友はその後少し面倒な思いをした。モドキを好きな陸上部の女がモドキに取り入ろうとして陰口に同調したのである。陸上部の全員がそんな奴だったわけではないが、陸上部を袖《そで》にしたことを良く思っていなかった体育教師が親友に冷たく当たるようになったのが不運だった。同調していなかった部員も表立っては何も言えなくなった。

女の敵は男だったり女だったりだし、男の敵も女だったり男だったりだろうし、そのときどきだ。属性を分類することにあまり意味はない。結局はそいつがどんな奴かだ。靴底にへばりつくガムは落ちている場所を選ばない。

萌えのウェーブを楽しんでいるだけのことをキモいのオタクの叩かれもした。しかしやっぱりそのとき親友と彼女を救ったのも萌えだった。

部活という派閥で叩いてくるのなら、自分たちも何か部活に入ればいいのではないかと思い、彼女は親友を誘って文芸部に入った。学年主任の恐い国語教師が顧問を務めているという計算の上のことだったが、部は本好きばかりだったし、大勢で乗りこなす萌えは大勢であるというだけでビッグウェーブになるのだった。

年に二回コピーで出す部誌は、顧問が年配で疎《うと》いのをいいことに、部内で流行《はや》っている作品の二次創作祭りになったりしていた。完全なる黒歴史で、思い返すと冷や汗が出る。

顧問の威力もあるだろうが、好きに夢中になっているうちに進級してクラス替えもあり、親友へのくだらない攻撃はいつのまにかうやむやになった。

不運に見舞われたときは、好きをどれだけ持っているかが耐久力になる。そのことを中学生という人生の早い時期で学んだのは、今にして思えば幸運だったのだろう。だからといってモドキたちに感謝するつもりはこれっぽっちもないが。

彼女も親友も好きを増やし続けてもう社会人である。これからも好きの歴史は増えていくし、共有するだろう。他にも何人か共有できる仲間がいる。

二次創作祭りだった部誌は、卒業するときみんなで焼却炉で焼き捨てた。好きでも始末せねばならない歴史もあるのであった。

fin.

物語の「種」

この種の見た目はくすんでいて時々私の心をチクチクと刺してきます。でもこの種と向き合えたらきっと成長出来るのではないか…と、思ってはいるのですがいつも同じ思考のまま種を芽吹かせることが出来ません。この種が生まれたのは十数年前、中学生の時です。私は読書の時間に『図書館戦争』を持っていきました。学校に持っていくぐらい大好きでした。休み時間ふと本を机に置いたままにしていたのですが、クラスメイトの男の子が「これ読んでるの？　面白いよね」と偶然近くにいた別の女の子に声をかけました。私は読書仲間がいたことが凄い嬉しくて「それ私のだよ。いいよね！」と話しかけました。てっきり…私は共通の話題で盛り上がれると思っていたのですが男の子は「なぁんだ〇〇ちゃんじゃないんだ」と私をちらっとみて去って行きました。私はその女の子ほど可愛く人気者では無かったけど、まさかそんなぞんざいな態度をとられるなんてショックでした中学生だったからこそショックでした。…別にいいのです、そういう仕様も無い人間と盛り上がりたくは無かったですし。そういう事を言う人が本当に『図書館戦争』を読んで感動していたとは考えにくいですし。ただ、他者にランクをつけられたことが悔しくて、今もランクをつけられたらと思うと怖いのです。先生、どの視点を持てばこのちょっとくすんだ種から花を見ることができますか？　お悩み相談みたいになってしまい申し訳ないです。

——投稿者　5月の晴れ さん（女・27歳）

著者からひとこと

こちらは目にしたときから宿題だった種。ご本人にとって苦い種をどう芽吹かせてどう咲かせるかとだいぶ考えた。私の本が原因でトゲが刺さってしまった人だ、私がトゲを抜かなくてどうする。と思っていたが、転がしているうちにトゲは抜けるのではなく溶けていった。

意識したらトゲはますます記憶に刺さって意味を持ってしまうのでできればしょーもないこととして忘れたほうがいい。そして忘れるためには自分の「好き」をたくさん持っておくことだよな、と。脳のリソースは有限なので気ー悪いもんよりいいもんで埋めよう。私も心がけたい。

あんたのおかげ様で好きな作家に短編いっこ書いてもらえたわ、ありがとちゃーん。くらいに思えるようになってくれたら書いた甲斐《かい》がある。図太く行こう、頑張ろう。

ぷっくりおてて

両親の仲は極めて良好、かつ濃厚である。——今に至るも。

結婚は見合いだったが、お互い一目惚《ぼ》れであったという。上司の顔を立てて一度だけのつもりがまさかこんなに好みのタイプが来るなんて、と父も母も別々の機会にいけしゃあしゃあと息子に惚気《のろけ》るくらいお互いベタ惚れなのであった。

出会って一年後の八月、初めて二人が出会った記念日に盛大な結婚式を挙げ、息子を授かったのはその八ヶ月後である。

ハネムーンベビーだったが早産で未熟児で大変だった、という公式発表になっているが、何のことはない若い二人の我慢が利かずに仕込みが早かっただけの話である。

ところが、早産未熟児若い夫婦の涙涙の子育て奮戦記は非常に熱を持って語られていたので、息子は成人過ぎまでその設定を信じていた。親戚の結婚式で伯母《おば》に「あんたまだ知らないの？」と真実を知らされて赤っ恥を掻《か》いたが、責めたとて仕方ないと両親のキャラに諦めがついていたので、設定が崩壊したことは胸に納めている。これが思春期だったらグレにグレていただろう。

じいちゃんも言ってくれりゃよかったのに、と息子は母方の祖父をちらりと思い出した。

小学生の頃は、毎年の夏休みにこの祖父の家に預けられていた。期間は夏休みが始まって最初の日曜日から夏休みが終わる最後の日曜日まで。まあまあ気合いの入ったホームステイである。

「この子ったらおじいちゃんっ子で、おじいちゃんの家にお泊まりしたいって聞かなくって〜」

初めて祖父の家に連れて行かれたときの母の言い分である。それまで東京からまあまあ離れた鳥取の祖父の家、つまり母の実家には一度も行ったことがなかった。祖父はときどき東京に遊びに来ていたが、長逗留《とうりゅう》はしなかったし、孫息子にとってはそれほど馴染《なじ》みがなかった。どちらかといえば千葉在住の父方の祖父母のほうが身近だった。

ガバガバな設定に孫息子も困惑したが、祖父も困惑しているようだった。そうだったっけ？とお互い目で窺《うかが》い、しかし二人とも何でやねんと突っ込める文化圏には暮らしていなかった。

どうやらそういうことになったらしい、とお互いアイコンタクトでガバガバ設定を受け入れた。

「また頃合いで迎えに来るからよろしくね、お父さん！」

「すみませんお義父《とう》さん、よろしくお願いしま〜す！」

そう言い残して去った両親の頃合いが夏休みの終わる最後の日曜日だったという次第。後には今ひとつ打ち解けが足りない孫と祖父が残された。何だかよく分からないが、

「よろしくおねがいします、おじいちゃん」

そう言うと、祖父はぎこちなく笑った。

「うちはばあさんがおらんから行き届かんけど、すまんな」

祖母は母が小さい頃に亡くなっていた。

ぽつぽつ聞いた話や長じて知った話を総合すると、田舎育ちの反動か、母は子供の頃から都会への憧れが非常に強かったらしい。進学は絶対東京と心に決めて名門女子大にストレートで合格、上京時の宣言は「お父さん、わたし東京で絶対に幸せになるから！」だったという。

すでに地元で所帯を持っていた兄や姉の援助もあり、進学の障害はほとんどなかった。高校で付き合っていた彼氏とも「いい思い出をありがとう」とそつなく別れた手練《てだ》れである。帰省は当然のように疎《おろそ》かになったが、祖父はそれを咎《とが》めるような性格でもなかった。伯父伯母も年の離れた末っ子より自分の家庭でてんてこまいの時期だった。

自由の申し子と化した母は東京で夢の大学生活、勤めてわずかで理想的な結婚と人生とんとん拍子だったが、たった一つ物足りない点があった。

子供を早く授かりすぎて、夫婦二人きりのラブラブ新婚生活が短く終わってしまったことだ。三年後に授かっていたら理想的だった、とぬかしたのは公式設定が密かに崩壊した後で、息子としては仕込みを失敗したのはそっちの責任だと仏頂面《ぶっちょうづら》になるしかない。設定が崩壊していないつもりの両親は「お前は体が弱くて大変だった」などと苦労話を始め、苦虫を噛みつぶすというのはこういうことかと生まれて初めての実感を得た。

思うに、母はバラ色の人生を夢見る子供だったのだろう。それは母と結ばれた父も。そして、子供であることが許される環境のまま今も生きている。それで未だに挫折《ざせつ》していないのだから、ある意味恵まれた人生だ。恵まれた人生の陰にはガバガバ設定を針で突《つ》かない出来た大人が何人も潜んでいる。

祖父もその一人であろう。

ラブラブ新婚生活が足りなかった両親は、息子がお泊まり保育を難なくクリアした頃から息子のホームステイを狙っていたらしい。だが、夫の実家に預けっぱなしというのは妻としてさすがに憚《はばか》られ、田舎で自然と親しませるという美しい名目で妻の実家に白羽の矢が立った次第。

息子を実家ホームステイに送り込んだ後は旅行に行ったりイチャイチャしたりエンドレス。初めて祖父と孫が二人きり、間が持たなかったであろう祖父は共通の話題を求めてアルバムを持ち出した。

「この辺からお前の写真が出てくるはずだが……」

言いつつ祖父がめくったページには、見慣れた両親の写真がちらほら登場しはじめた。

「ほら、これだ」

恐らく産院の写真だった。入院着を着た母の腕に丸々肥えた白い産着の赤ん坊が抱かれている。父も隣に寄り添ってピースサイン。

写真の下に手書きの白いメモが貼り込まれている。——三八〇〇g。健康優良児。

「この数字は？」

「お前が生まれたときの体重だよ」

「三八〇〇gって何キロ？」

「三・八kgだな」

孫はそのとき小学一年生としては大柄で、背はクラスで一番、体重も三〇kg近くあった。

「やっぱりおれ、小さかったんだね」

そのときの孫にとって、それは頼りない軽い数字に感じられた。

「おれ、早産で未熟児だったんでしょ？　お母さんが言ってた」

祖父はうう、と唸《うな》った。母が息子に吹き込んだらしいガバガバ設定を勝手に壊していいものかどうか迷ったのだろう。

「体重の後ろはなんて書いてあるの？」

祖父はまたしばらく唸った。

「健康に大きく育ちますように、と漢字で書いてあるんだ」

そうか、と素直に納得した。

「だからおれ、こんなに大きくなったんだね」

お前はいい子だなぁ、と祖父は孫の頭をわしわし撫《な》でた。

その後、十年以上を経てガバガバ設定は崩壊したが、打ち解けが足りなかった祖父と孫の距離を縮めたという点において設定はいい仕事をした。


祖父の家は縁側のある昔ながらの佇《たたず》まいの日本家屋だった。農家なので作業用の中庭と納屋もある。

東京の自宅はマンションだったし、千葉の祖父母も街中の普通の建売だったので、鄙《ひな》びた様子のその家は孫にとって新鮮だった。

「この部屋を使うといい」

祖父が案内してくれた二階の部屋は、母が上京するまで使っていたという。勉強机とベッドが残ったその部屋は、畳の上に生成《きな》り色のカーペットを敷き、カーテンは甘いピンクの柄だった。自宅のリビングも同じような色合いなので、母の趣味はこの頃から全くぶれていないらしい。

「便所と風呂を直しといてよかった」

十年ほど前までトイレはぼっとん便所、風呂は薪《まき》で焚《た》く五右衛門《ごえもん》風呂だったという。

「ぼっとん便所って？」

「和式のくみ取りだったんだ」

和式までは分かった。学校にもまだ和式のトイレはある。しかしくみ取りが分からない。

「くみ取りって？」

「こう……くみ取る……」

祖父は何か筒のような物を抱えて動かす仕草をした。

「バキュームカーに来てもらって」

バキュームカーという単語も聞き慣れない。便槽に大小便を溜めて月に一回バキュームカーにくみ取ってもらうというシステムを、祖父は訥々《とつとつ》と説明した。消臭の薬を入れたり蛆《うじ》を殺す薬を入れたり、手入れも大変だったそうだ。

「お母さんキライそう……」

甘いピンクのカーテンとは対極の世界観である。

祖父もくすりと笑った。

「東京の大学に行ってからとんと戻ってこなくなったのは、便所のせいかもしれん。薪の風呂も嫌がってたしなぁ」

都会志向の母には耐え難い生活様式だったに違いない。

「今は水洗のウおシュレットでガスの風呂だからな。東京と一緒だから安心しろ」

ウォシュレットの発音が若干たどたどしいのはご愛嬌《あいきょう》だ。

「トイレはウォシュレットがいいけど、薪のお風呂はちょっと入ってみたかった」

ファンタジー物のアニメや漫画で主人公たちがよく入っている。

「お前はいい子だなぁ」

祖父はそう言ってまた孫の頭をわしわし撫でた。

いい子は両親にも毎日のように言われていたが、両親と祖父では響きが違って聞こえた。

そりゃそうだ、と思ったのはもっと大人になってから。両親のいい子には色々と大人の都合が乗っかっていた。

薪の風呂こそなかったが、リアルとなりのトトロのような田舎暮らしは満喫できた。絵日記に書くことは毎日事欠かない。

何しろ朝がキュウリを採ってくることから始まる。祖父は稲作農家だったが、裏庭に自家用の畑を作っており、青菜やネギ、キュウリやトマトなどよく使う季節の野菜は買わずに賄えるようにしてあった。

キュウリは蔓《つる》に生えていて、採り立てはトゲが手に痛いほどピンピン立っていることを初めて知った。母がスーパーで買うキュウリは三本セットでビニールに入っていて、トゲはしなしなでちっとも痛くない。何ならイボだと思っていた。

母がスーパーで買ってきて冷蔵庫に入れるキュウリでは絵日記にならないが、庭で採ってくるキュウリはそれだけで一日分が埋まる。今日はおじいちゃんの畑でトマトをとりました、ネギをとりました、のバリエーションだけで一週間は軽い。

祖父はキュウリを斜めに切って薄く塩をしたものを必ず目玉焼きに添えていた。味噌汁と白いごはんに納豆や焼き海苔《のり》、自家製のぬか漬けがつくのが定番らしいが、孫に少し気を遣ったのか途中からウィンナーやハムが足されるようになった。

祖父の料理のレパートリーはシンプルに切る、焼く、煮るが主だったが、近所のおばさんたちがちょいちょい作りすぎた料理のお裾分けをしてくれた。東京から孫が来ているという噂が回り、張り切って洋風のおかずが届けられたりもした。身割れのカニクリームコロッケなどはご愛嬌。

近所の子供たちも東京の子を珍しがって、毎日遊びに誘ってくれるようになった。いとこたちはずっと年上で一緒に遊ぶような感じではなかったので、退屈しなくて済んだ。

預けられて一週間ほどで大事件が起きた。

夏休みの宿題だった朝顔の観察日記である。両親は朝顔の鉢を息子に持たすのを忘れていた。息子も観察日記の重圧から解放されて忘れていた。観察ノートは宿題セットの一式として持ってきていたが、観察する物がないのでナチュラルに開かなかった。

朝顔に双葉が出たことを電話で知らされ、慌てたのは祖父である。翌日早々ホームセンターに朝顔の種を買いに行った。

「どうせもう追い着かないよ」

孫息子は合法的に宿題がなくなったとむしろほくほくだったが、真面目な祖父は諦めなかった。

「じいちゃんは農家だ、任せろ」

祖父は買ってきた種を一晩小皿の水で浸水させて、それから土を調えてあった鉢に蒔《ま》いた。

何と翌日には双葉が出た。追い着かなくていいのに追い着いた。

「ほら、追い着いたろう」

内心ではがっかりだったが、自慢げな祖父に悪いので上辺だけ喜んだ。

両親が朝顔を持たせるのを忘れたこと、祖父が農家の技で観察を追い着かせたことももちろん絵日記のネタになった。


毎日事欠かない絵日記のネタに、ある日珍客が訪れた。

祖父と風呂に入っていたときのことである。

手拭《てぬぐ》いで風船を作るというレトロな遊びを教わっていて、ふと目の端を白い影がかすめた。

見ると磨《す》りガラスの向こうに白いトカゲのようなものがぺたりとくっついていた。

キャーッと女の子みたいな悲鳴が出た。屈辱だったが反射なので仕方がない。

「何だ何だ」

祖父も手元を狂わせて手拭い風船をパンクさせ、孫と同じほうを見た。

「何だ、ヤモリか」

「トカゲじゃないの？」

「似てるけどな」

祖父は腕を伸ばして湯気で曇った鏡に家守と書いた。

「家を守るって書いてヤモリだ。災いから家を守ってくれると言われてる」

災いから家を守るというワードが刺さった。

「何それ超能力？　モンスター？」

ちょうどモンスターを集めて鍛えるゲームが流行していた。

「モンスターかどうかは知らんが縁起がいい生き物だな。害虫も食べてくれる働き者だし、農家の味方だ。それになかなかかわいらしいしな」

「え〜、どこがぁ？」

「手がぷっくりしてて赤ちゃんのお手々みたいだろ。もみじのお手々だ。お前も赤ちゃんの頃はこんなお手々だったぞ」

言われてヤモリのシルエットをよく見ると、小さな手は人間のように五本の指がついていて、形は確かに極小のもみじだ。

どれ、と祖父は湯船の中で立ち上がった。窓をひょいと開けて腕を伸ばし、外側に張りついていたヤモリをお椀《わん》にした手でぱふっと押さえる。

ヒッと悲鳴を上げて湯船の角に身を寄せたが、湯船を飛び出さなかったのは祖父がいたずらに孫を恐がらせるようなことはしないという信頼が既に出来上がっていたからだ。

祖父が指先にきゅっと摑《つか》まえて見せたヤモリは、目がくりっと丸くて漫画じみた顔をしていた。かわいらしいと言えなくもない。

「リザードナーに似てる」

流行《はや》っていたゲームに出てくるキャラクターだ。グラフィックは火を噴くトカゲ。

「あのゲームか。育てると強くなるやつ」

祖父は孫の文化に寄り添おうとしてか遊びの話をよく聞いてくれていた。

「トカゲのやつは何になるんだっけな、サラ……サラ……」

「サラマンデルだよ」

「それだそれだ」

いつも聞き流しているのではなく、ちゃんと覚えていたのだなと胸がくすぐったくなった。

「……ちょっと触ってみようかな」

おっ、と祖父は嬉しそうな声を上げた。

「よし、じいちゃん押さえててやるから」

人差し指をそろそろ出して、祖父の指が押さえているヤモリの頭をちょんとなでる。ヤモリはちょっと首をすくめてキュッと鳴いた。

「ヤモリも鳴くんだね」

リザードナーもゲームの中でこんなふうに鳴く。

「ゲームを作った人がよく調べとるんだろうな」

何だか無闇と嬉しくなった。自分の好きなものを思いがけず誉めてもらえる喜びというものをそのとき初めて味わった。

「ちょっと持ってみようかな」

「お、持つか」

「嚙まない？」

「嚙んだってこんなちっちゃい口だもの」

ヤモリの頭は祖父の親指の爪より小さい。犬や猫に甘嚙みされるよりも痛くないだろう。

おっかなびっくり祖父にヤモリを持ち替えさせてもらっていると、ヤモリはくにゃっと身体をくねらせて湯船にぽちゃんと落ちた。

水面でばちゃばちゃ暴れるヤモリをとっさに両手のお椀で掬《すく》った。掬った水ごと洗い場に放すと、素早く床を走って壁を登った。一気に天井近くまで。

「すごい、忍者みたい！」

「ああ、確かに忍者だなぁ」

祖父も一緒にヤモリの駆け上がった先を眺めた。

「忍者の命を救ってやったなぁ。恩返しに来るかもしれんぞ」

「何くれるかな」

「反物は織れんだろうしなぁ」

別に何をくれるわけでもなかったが、ヤモリはちょくちょく夜の風呂場に現れるようになった。

窓に張りついていたり、天井や壁に張りついていたり。ヤモリは身近な生き物になり、孫も気軽に押さえられるようになった。

いろんな生き物も身近になり、虫取りや水遊びも近所の子供に引けを取らない。

「何だか田舎の子みたいになったわね〜」

迎えに来た母の言である。

「あんまりワイルドになりすぎないでよ」

そう思うなら田舎に預けっぱなしにしなければいいのだが、それはそれこれはこれの両親だ。

夏休みもラブラブな夫婦生活を堪能《たんのう》したらしい。

両親が持ってきたどこかの温泉地のお土産に祖父は渋い顔をした。

「旅行なら一緒に連れてってやればよかったじゃないか」

孫を慮《おもんぱか》っての言葉だろうが、孫は「やだよ」と即答した。

「温泉つまんない。じいちゃんちのほうが楽しい」

温泉の魅力はまだまだ分からない年頃だった。

祖父は嬉しい反面、自由すぎる娘夫婦に苦言を呈したい気持ちもあったようで複雑な顔をしたが、両親は素直にやったぁラッキーの顔だった。


観察日記の朝顔の鉢は夏休み明けに学校に持っていかなくてはならなかったので、祖父が農家の技で完璧に梱包《こんぽう》して送ってきた。学校で配られたプラスチックの鉢でなく、立派な素焼きの鉢を使っていたので、家から学校へ運ぶのを手伝った母が「こんな立派な鉢使わなくていいのに」とブツブツ言った。ずいぶんと重かったらしい。

祖父仕立ての朝顔は学校でとにかく目立った。素焼きの鉢に竹を細工した支柱が本格的だったし、土に農家の技が利かされていたためか育ちが段違いによかった。

そして何より、クラスメイトの朝顔はみんな揃いの赤い花が咲いていたのに、孫の朝顔は祖父の種のチョイスで青い絞りが咲いていて、これが格別にかっこよかった。

浸水で生長を追い着かせたことを書いた観察日記も非常に教師ウケがよく、理科の時間に孫の朝顔を取り上げて説明されるほどだった。

みんなが祖父を誉めているようで鼻が高かった。

朝顔は中庭に全員の分を並べて、種を採るまで観察が続けられた。日直が昼休みに水をやる。

孫が日直のときのことだ。相棒は幼稚園から一緒の女の子で、なかなかかわいらしい子なので男子に人気があり、孫も憎からず思っていた。

じょうろで水を撒《ま》いていたら、孫の朝顔で葉が不自然にわささと揺れた。その葉陰からひょいと顔を覗《のぞ》かせたのは、小さなヤモリである。

「お前……！」

懐かしい友達に会うような声が出た。祖父の家では毎夜のように現れた。田舎から朝顔の鉢にくっついてやってきたのだろうか、それともこの辺に棲《す》んでいるヤツだろうか。

「どうしたの？」

「ほら、これ」

日直の女子に押さえたヤモリを差し出したのは、かわいいものを見せてあげたいという純粋な好意だった。――返ってきたのは金切り声。

じょうろを放り出して泣きながら逃げていく女子を、半ば呆然《ぼうぜん》として見送った。友達と揉《も》めたことはいくらでもあったが、自分の好意をこんなに拒絶されたことは今までなかった。

手の中でクッとヤモリが身をくねらせた。孫は中庭の大きな木に駆け寄り、粗い木肌にヤモリを放した。ぷっくりお手々を素早く交互に動かし、するするっと登る。もみじの手の小さな忍者はあっというまに梢《こずえ》にまぎれた。

日直の子が逃げ帰った教室で泣きやまなかったので、女子たちにつるし上げを食った。

トカゲをけしかけていじめるなんてひどい。トカゲじゃなくてヤモリだが、説明するのもばからしかった。女子たちに要求されるままごめんと謝る。

「トカゲ見たい！　行こうぜ！」

男子が何人か教室を飛び出した。孫も一緒に引っ張られて出た。トカゲじゃなくてヤモリだよ、とそのときは言ったが、男どもは「どっちでもいいよ」と聞いちゃいない。

毛嫌いされるよりマシだが、見つかったらもみくちゃにされそうだったので、見つからなくてほっとした。

教室に戻ると日直の子がぷいとそっぽを向いたが、胸はちっとも痛まなかった。初恋だったか未満だったか。しかし、祖父と愛《め》でた馴染みの生き物を毛嫌いする女子はごめんである。

小学校の夏休みはずっと祖父の家で過ごした。

中学からはバレー部に入ったので部活の夏休みになってから。数日くらい一人で留守番できるようになっていたので、両親にとってのホームステイの旨味《うまみ》はそれほどなくなっていたが、孫は祖父の家に遊びに行くことが楽しかったのである。

高校に入って最初の夏休み、少し痩《や》せたなと思った。孫が東京に帰ってから入院したと聞いた。その秋の連休、両親は一家揃って祖父の見舞いに帰った。年末年始も。良くも悪くも自由すぎる両親の珍しく常識的な行動で否応《いやおう》なく察した。

梅は咲いたが、桜までは保《も》たなかった。

葬儀は祖父が会員になっていた葬祭会館で執り行われた。孫は制服の詰め襟で参列した。

そういえば祖父には学校の制服を着たところを見せたことがなかったな、と思った。学業から解き放たれて向かうホームステイは当然のことながらいつも私服だった。

火葬場で骨上げを待つ間、親戚の誰かがふと呟《つぶや》いた。

「今日は啓蟄《けいちつ》だったなぁ」

言葉としては知っていたが意味は知らなかったのでスマホで調べた。冬ごもりしていた虫などいろんな生き物が目を覚まし、土から這《は》い出てくる日だという。

あいつも起きたかな、と風呂場のヤモリを思い浮かべた。ぷっくりかわいい赤ちゃんのお手々。もみじの手の忍者。

風呂場にやってきても祖父はもういない。

蛇口を開けたように目から涙が飛び出した。

周りの親戚がどうした大丈夫かと気遣ってくれたが、頼むからかまうな放っておけ。

「この子、おじいちゃんっ子だったから」

母の言葉にますます嗚咽《おえつ》がこみ上げた。

初めて母がそう言ったとき、それはお得意のガバガバ設定で、祖父と孫とはそうだったっけとアイコンタクトを交わしたものだ。——あれから何年。

設定は緻密《ちみつ》に埋められて、もうすっかり公式だった。

ガバガバ設定は親戚の結婚式で出生の秘密が明かされたことを最後にあまり破綻《はたん》しなくなった。

それが最大のガバガバ設定だし、両親も新たなる設定を生み出すバイタリティはもうないらしい。

だから恋人を両親に紹介するときは、息子もすっかり油断していた。

結婚を前提に付き合っていると紹介すると、母は感極まった様子で宣《のたま》った。

「まさかこんな日が来るなんて！」

大仰な物言いに恋人は当然首を傾げて、目で事情を問いかけた。――何か事情が？　しかし、心当たりなど息子にもありはしない。

母は自ら回答した。

「この子は早産で未熟児で、大人になれないかもしれないって心配してたのに」

何ということでしょう、ガバガバ設定は生きていた。

「ねえあなた、夢のようね」

振られた父は一瞬遅れて「そうだな」と頷《うなず》いた。なりを潜めていた設定なので瞬発力が衰えたのだろう。

「そんなことが。ちっとも知りませんでした」

恋人の反応は大いに母のお気に召したらしい。

「親の心子知らずよねぇ」

新規客を摑まえて母の舌はよく回ったし、父も調子を取り戻した。息子のみいたたまれない。

まあいい後で説明しよう、と聞き流し、涙涙の子育て奮戦記がようやく閉幕。しかし、祈りが天に通じて丈夫に育った息子の幼少期列伝が開幕した。

「自立心が強くって、夏休みは毎年鳥取のおじいちゃんの家に一人でホームステイに行ってたの。おかげで私たちも羽を伸ばさせてもらって」

脚色が強すぎる。しかしこれも後でまとめて説明すればいいかと口を挟まずにいたら、

「おじいちゃんっ子だったから安心して預けられたのよね」

否定しにくい虚々実々をぶち込まれた。

「ところで二人の馴《な》れ初《そ》めは」

父が珍しくいい仕事をした、話が逸《そ》れた。

「大学のゼミの卒業旅行なんです」

今にして思えば、当時は気兼ねなく旅行ができた。当節はグループ旅行だと気をつけることが少々多いが、注意深く経済を回す努力が社会で続けられている。

「ヤモリが縁結びの神様で」

旅館の食堂で夕飯を食べているときにヤモリが出たのである。窓の外側にぺたりと張りついていたのを目敏《めざと》い女子が見つけてキャーキャー大騒ぎになった。

何これトカゲ⁉

やだ気持ち悪い！

そんな中、当時はゼミの同期でしかなかった恋人は悲鳴を上げていなかった。

でもけっこうかわいくない？

どこがよ！

手とかぷっくりしてて。こんなに小さいのにちゃんと指が五本あって、赤ちゃんの手みたい。

勝手に心の距離が縮まった。ゼミの同期から気になる異性に。

ヤモリだよ。トカゲじゃない。

気づくと口を挟んでいた。

ヤモリはするするっと窓を登って消えた。その卒業旅行中にデートに誘った。

いいけどどうして？

訊《き》かれて答えた。

俺もヤモリはかわいいと思うんだ。

今考えると答えになってないが、結果オーライである。

「それは答えになってないわよねぇ。ちょっと意味が分からないわぁ～」

母は深掘りする気満々だ。食い下がられて渋々答えた。

「じいちゃんもヤモリの手がかわいいって言ってたから親近感が……」

「あんたは本当におじいちゃんっ子ねぇ」

自分の首を自分で絞めた。虚々実々はますます否定しにくい。

だが、この自由すぎる両親でなかったら、毎夏の祖父との日々はなかったかもしれない。恋人とも結ばれなかったかもしれない。

不本意ながら、ガバガバ設定は自分の人生の根幹に関わっているのであった。

fin.

物語の「種」

毎夜訪れるぷっくりおてての可愛いやつ

――投稿者 ロックイ さん(女・37歳)

著者からひとこと

「ぷっくりおてて」とこの写真で採用。ヤモリのおててナイスネーミング。また、我が家も近年ヤモリが身近な事情があったので。

夫が無類のスイカ好きで毎年お取り寄せするのだが、このスイカの段ボールがいい感じに温かいのか産地からヤモリの一家が必ず密航を企てているのである。企てるのはいいが一家の中に必ず要領が悪いのが一匹いて、スイカに敷かれてぺちゃんこになっている。冥利《みょうり》が悪い。

要領よく生き残った家族が屋内に「散!」と散らばるらしいが、散らばったまま出てこなければいいものを我が家の猫の前にちょろちょろ出てくるので困る。小さい生き物をちゃいちゃいする猫の本能に蓋はできない、冥利が悪いリターンズ。救えた者もいれば間に合わなかった者もいる。

そんなわけでヤモリに負い目がある我が家のヤモリ供養も兼ねた一本。

Mr.・ブルー

時節柄、彼女が勤める家電メーカーでもリモート会議が増えた。

鋭意開発中の製品はドライヤーである。来年発表の新モデルはやはり時節柄のため開発が遅れ気味だった。試作品の完成は半年遅れ、やっと評価試験に入った段階である。

モニター要員として彼女も毎日のように使用テストを繰り返しており、ドライヤー部門に配属されてからずっとロングを保っている髪は毛先がぱさついている。リモートで出勤が減ったせいもあるかもしれない。外出が減ると身だしなみの基準値は自然と下がる。

今日は研究所長を交えた商品化会議である。社内の研究開発部門を統括する研究所長の許可が下りねば試作品は試作品のまま終わる。

リモート会議室に彼女が入室すると、既に数人が入室済みだった。巷《ちまた》では失礼クリエイターと揶揄《やゆ》されるマナー講師が誰も幸せにしないリモートマナーをクリエイトしているようだが、彼女の会社では採用されていない。噂によると、研究所長の発令があったという。――合理的でないマナーの採用を禁ず。

事実かどうかは誰も知らないが、事実であっても不思議ではないという評価の噂である。合理的なことでは社内の追随を許さず、会議で提案を却下するときの決まり文句は「合理的じゃないですね」だという――が、これも噂の域を出ない。ただ、合理的でないという理由で却下される議題は多いというだけだ。

合理的でないマナーの採用を禁じたと噂の研究所長は、一体どのスペースに現れるのか。研究所長が参加するリモート会議はドライヤー部門では初である。

稟議《りんぎ》が厳しいことで有名なので（これは噂でなく事実だ）、入室済みのメンバーはいつもより緊張した表情だ。服装もやや改まっている。日頃は部屋着なのか寝間着なのかというトレーナーで出てくる男性も一応襟付きのポロシャツである。

彼女も一応ツヤ感のあるブラウスにしておいた。

会社での研究所長は、常に紺のスーツである。ワイシャツとネクタイもブルー系で統一され、必ず毎日留めているネクタイピンにはスターサファイアがあしらわれているのであった。

誰が呼んだか密かな通り名はＭｒ．ブルー。噂によると、スターサファイアのネクタイピンは時価三百万円であるとか、自家用車は青のＢＭＷであるとかレクサスであるとか、確かめようがない伝説が独り歩きしている。研究所長への昇任が社内史上最年少の五十二歳だったという経歴も伝説のクリエイトに一役買っているかもしれない。

会議開始まで三分を切ったころ、参加者が全員揃った。伝説の研究所長Ｍｒ．ブルーの登場は色味だけで分かった。

表示枠の中にブルーのコーディネイトが出現したのである。水色の地に白いピンストライプのシャツ、青の斜めストライプのネクタイ、紺のハイゲージベストだった。

ベストの下のネクタイにはやはりスターサファイアのネクタイピンが留められているのか、ということも気になったが、それより何より――

『全員揃ったようなので始めましょうか』

議長となるチーフの挨拶をそぞろに聞きながら、彼女はＭｒ．ブルーの背景に目を凝らした。

後ろの壁に額装したポスターが飾ってある。空色の地に舞い散る桜が合成された背景に、白いスラックスの片足だけがわずかに見切れている。美しく伸ばされた足の角度は確かに覚えがある。おそらく去年の四月。

カメラもう少し左。左行っててちょっと上。画角の外のポスターを窺《うかが》っていると、同期の女子に個別チャットで【おなかでも痛いの？】と訊《き》かれてしまった。いけないいけない、ここは会議に集中しなくては。

新商品の評価試験の結果が順次報告される。どの試験項目も前モデルより数値は向上している。だが、Ｍｒ．ブルーは登場したときから表情の揺らぎが全くない。良いとも悪いとも読み取れず、チームのメンバーが焦燥感を募らせていることだけが回線越しに伝わってくる。

『――はい、了解しました』

Ｍｒ．ブルーの発言に全員が固唾《かたず》を呑《の》んだ。声色からはやはり良いとも悪いとも読み取れない。可と続いても不可と続いても違和感がないようなフラットな調子である。

『全体的に前モデルより性能は向上している、了解しました』

これは不可と続くほうのやつだ、と全員が気づいてしょっぱい顔になる。

『乾燥時間が約12％短縮されたとのことですが、これは黒船と戦えるレベルの向上ですか？』

チーフの目が泳いだ。黒船の隠語が示すのは、吸引力が落ちない唯一ので有名な海外メーカーが発売したドライヤーのことである。出力に物を言わせる製品は風量がとにかく多く、乾燥時間が短いことでは他の追随を許さない。

『それは……』

　答えるチーフは伏し目がちである。

『……価格帯も違うことですし』

　黒船はドライヤーとしては飛び抜けて高価格な商品でもある。国内メーカーの最上位モデルの価格を更に二万円近く上回る。

『うちとしては使用感などで差別化を図りたいと……』

『使用感で差別化は可能ですか』

　こわっ！　語尾が上がりも下がりもしない疑問形こわっ！　彼女が目を泳がせるとモニターの中ではチームメンバーがやはり同じようにそぞろな眼差《まなざ》しになっている。

『例えば手触りに関してですが、ロングヘアの方は美容院でトリートメントを受けた後の感触を何日ほど保てますか？』

　誰とも指名しない問いに自分から答える者はいない。主に女性に向けられた質問であることは明らかだったが、外出を控えがちな時節柄、彼女はもう四ヶ月近く美容院に行っていない。時節を言い訳にしていることは否《いな》めなかった。床屋や美容院は営業自粛の対象にはなっていないし、近所の美容院はどこも入り口を全開にした上で営業している。換気中のアピールでもあるだろう。彼女の行きつけの美容院からも対策をアピールしたダイレクトメールが何度か来ている。

　モニターを兼ねることもあって女性メンバーは全員セミロング以上を保っているが、発言する者は誰もいない。

『時節柄もありますしホームケアでもかまいませんが、特別なケアの後の感触の維持は？』

Mr. ブルーの追い込みは容赦がない。通販でもトリートメント剤は購入できるのだし、家でスペシャルケアをすることは可能だ。部門柄そうした買い物は経費で落ちる。それに出社すれば開発室に併設の洗面台に高価なヘアパックが常備してあるのだ。リモート期間中一度も出社していないわけではない。

彼女はリモートワークが増えてから普段使っているヘアケア用品しか使っていなかったし、場を沈黙が支配している以上は他の女性メンバーも同じだろう。全員が揃って髪を引っ詰めている理由も彼女と変わりあるまい。

『部門柄もありますし、髪を下ろしたらアホ毛が跳ねているというようなことにはなっていないと思いますが』

ブフォッという笑いは気づくと自分の口から噴き出ていた。

『何か』

『いえっ、すみません!』

Mr. ブルーの口からアホ毛という単語が出てきたことのギャップに負けた。Mr. ブルーもアホ毛と言うのか、そうか。しかし確かにアホ毛を表現する別の言葉は思い浮かばない。引っ詰めてもピンピンに跳ねていたアホ毛はワックスで押さえつけてある。

『髪の長い方を他人事だと思わないように』

Mr. ブルーの矛先はどうやら男性陣に向かった。

『ショートでも髪を美しく保つ努力はできるはずですし、その需要も当然あります。モニターは女性陣に任せておけばいいというような美意識の低いことでは困ります』

お前らは美意識が低い。有り体《てい》にそう言っている。男女の別なくまんべんなく恐い。

『特に髪を染めている人はダメージも強いでしょうし、使用感で差別化を図るならそうした方が満足を得られるほどの性能を追求していただきたい。そうでなくては新機種を出す意味がない』

使用感に関しては全員が押し黙ってしまった時点で負けだ。

『なお、乾燥時間の向上は前モデル比15％を目指してください』

しれっと向上の項目を追加され、会議は閉幕に向かった。

『個別の連絡のある方は？』

会議後に個別に話したいメンバーは相手を指名して残るか、別にリモート会議室を立ち上げてそちらに移るシステムになっている。

彼女はとっさにMr．ブルーに個別チャットを送った。

【仕事に直接は関係ないのですが、ちょっとお尋ねしたいことがあるのですが】

モニターの中でMr．ブルーが少し怪訝《けげん》な顔をした。

【了解しました。部屋はどうしますか】

他のメンバーはそのまま解散になりそうな流れだ。

【このままでお願いします】

Mr．ブルーにすみませんお手数かけますなどとチャットを送っているうちに、他は全員退室した。

『それで質問というのは』

『あ、あのっ……』

どう切り出したものか迷って、結局直球。

『それはもしかして生駒礼人《いこまれいと》さまでしょうか⁉』

Mr.ブルーははっとした表情で背後を振り向いた。背後の壁のポスター――否。彼女の見立てが正しければ、それはカレンダーのはずである。社会的にリモートワークが推奨される前――去年の四月の。

Mr.ブルーは改めてこちらを振り向き、静かに息を吐いた。

『……あなたも、でしたか』

やはり。

背後のポスターの正体は、去年の宝塚《たからづか》歌劇のスターカレンダー。四月を飾ったスターは星組の新トップスター、生駒礼人。名付けの由来は奈良出身ということで生駒、宝塚歌劇において礼節の大切さを教わったので礼人。ニックネームは生駒から採ってイコ。今年就任したばかりであり、このカレンダーが発売された時点では二番手スターであった。

『そのカレンダー、私も部屋に……』

めくった瞬間、悲鳴を上げてしまうほど美しいショットであった。奇跡の、いや宝塚スターは存在しているだけで奇跡なので全てのショットが奇跡なのだが、その中でも選《よ》りすぐりに奇跡という一枚で、彼女にとってはもはや月が変わると同時にお別れするカレンダーではなく永久保存版のポスターなのであった。

『額装はちょっとできてないんですが……』

Mr.ブルーの額装はモニター越しにも金がかかっていると分かるしっかりした額だった。

『額はいいですよ。気分で公演ポスターと入れ替えもできますし、数枚なら裏に重ねて収納できますから丸めず保管したいものにもってこいです』

これはかなりのガチ勢だ。

『あの、いつから……私は再々演のロミオとジュリエットからなんですけど。ベンヴォーリオ役が本当に素晴らしくて』

ロミオの親友で、ジュリエットが死んだという大誤報をロミオに伝える役でもある。生駒礼人のベンヴォーリオはロミオの悲しみを思って苦悩するナンバーをそれはそれは悲痛に歌い上げ、ロミオへの友情の深さでファンを涙させたのであった。

当時若手であった生駒礼人が未来のトップスター候補として頭角を現した作品である。その後上演された新人公演では主役のロミオに抜擢《ばってき》されてもいる。

『私もロミオとジュリエットからです。初演の「愛」役のときですが』

さらりと言い放たれて彼女は息を呑んだ。

『それは……研2でウルトラ大抜擢されたあの伝説の、』

宝塚歌劇で上演されたロミオとジュリエットは、フランスでフレンチロックミュージカル版として上演されたロミジュリの日本語版であり、そこには「死」という抽象的な役柄が登場する。台詞《せりふ》は一切なく、登場人物が憎悪や怒り、絶望などネガティブな感情に支配されるような場面で現れて、登場人物たちにまとわりつくような舞を舞う。原作冒頭の「口上」にある「死の影に怯《おび》えとおした二人の恋の一部始終」という文言を象徴するような役だ。舞だけで不吉な存在感を表出せねばならないので、凄《すさ》まじいダンスの技量が要求される。

「愛」は宝塚のオリジナルとして初演時から創出された役柄である。こちらは「死」とは対照的に愛や希望、慈しみなどを象徴する役で、やはりダンスのみでそれを表現する。

一言の台詞もなく、ただ舞うだけで人々の向かう未来の揺らぎを表現せねばならない。人々の行く末に訪れるのは「死」か「愛」か——そのせめぎ合いを取り入れたのは宝塚の優れた独自性でもあるが、「愛」は前例がないだけに困難な役だ。

その困難な役に、入団してわずか二年目の研究科二年生だった生駒礼人が抜擢されたのである。控えめに言って事件であった。

『震えました。ダンスの技量ももちろんですが、本来は男役であるイコ様が女性に扮《ふん》して何らの違和感もなく……途方もない才能が登場した、と。必ずや将来トップになると確信しました』

抽象キャラクターなので厳密には性別はないのかもしれないが、扮装としては男性形の「死」に対して「愛」は女性形の役柄である。

宝塚では男役が女性を演じることを女装と呼んだりもするが、生駒礼人の「愛」は元々娘役であったとしても違和感がないほどしなやかで美しかったという評判だ。

『あのとき別箱で東京公演なかったからわたし見送っちゃったんですよね……』

宝塚歌劇団が所有する宝塚大劇場、東京宝塚劇場で上演されるメイン公演に対して、宝塚所有でない一般劇場で上演される公演を別箱公演と呼ぶ。ロミオとジュリエットの初演は別箱しかも地方公演のみで、彼女は日程と旅費の関係で見送ってしまったのだが、今でも後悔が尽きない。

というのは、このロミジュリ初演には後の各組トップになる若手が何人も出演していたのだ。後悔で血の涙を流している彼女の宝塚仲間は片手の指の数では足りない。

その公演を押さえているとは、Ｍｒ．ブルーのファン歴は浅からぬ実績がある。少なくとも、生駒礼人については彼女より四年は先輩だ。

『ちなみに宝塚歴は……』

『生まれる前から贔屓《ひいき》は星組です』

出た！　生まれる前から！

宝塚歌劇は母の代、祖母の代からのファンだという者が珍しくなく、そうしたファンは宝塚歴を名乗るときに「生まれる前から」「母のお腹にいたときから」というような言い方をする。

Ｍｒ．ブルーの申告は、母の代もしくは祖母の代から星組ファンだったことを意味する。

『それまで星組というチームそのものに愛を注いでいたのですが、初めてファンクラブに入ってみたくなり、それこそベンヴォーリオを観た帰りに入会申請書を取り寄せました』

彼女がやっとイコ様落ちした頃、既にＭｒ．ブルーはファンクラブ入会を果たしていたのだ。

周回遅れどころの話ではない。大大大先輩だ。

はっと気づいた瞬間、うっかり口走っていた。

『もしかして、三百万のスターサファイアのネクタイピンは……！』

Ｍｒ．ブルーがモニターの中で困惑顔になる。

『……三百万と流布していますか』

『ああすみません！　噂で！　噂が！』

『さすがに桁《けた》が一つ下ですね』

とはいえ三十万。

『お祭しのとおり、星組ファンとしてのごく個人的なアイコンです。生まれる前から星組ファンでしたが、死ぬまで星組ファンでいる誓いとして、組カラーの青に星の入ったアイテムを』

Ｍｒ．ブルーに比べたら彼女など沼の浅瀬で足を浸しているに過ぎなかった。Ｍｒ．ブルーは頭までずっぽりだ。

まさかこんなところに先達がいようとは。

『仕事中にあまり私語をしていてはいけませんね』

『すみません、私用でお引き留めして！　どうしてもそのカレンダーが気になって！』

平謝りしつつ、少しばかり名残惜しい。仲間を見つけると贔屓の良さを語り尽くしたくなってしまうのはヅカオタの性《さが》である。新しい仲間は贔屓について新しい視点をもたらしてくれることがままある。

『私語は業務時間外としましょう。メッセのアカウントを送っておきます』

と、チャットでメッセージアプリのアカウントが届いた。

『公演やお茶会のチケットを融通できるかもしれません』

『マジですか！　私もチケット回ってきたらお声かけます！』

今後の情報共有を約束し、その日はリモート会議室を退室した。

Ｍｒ．ブルーとは干支《えと》二回り近く年の差があったが、同じものを推す身であれば話題が尽きることなどないのであった。何しろ宝塚の歴史は長く、生まれる前から星組ファンであったＭｒ．ブルーは半世紀以上をファン活動に費やしていることになる。

『とはいえ、物心つくまでは母に連れ回されていただけですが』

業務時間外の私語はメッセージアプリの音声通話が活用された。お互いアイコンは生駒礼人の公式舞台写真なので、モニターだけ見るとイコ様同士が喋《しゃべ》っているようになる。声がイコ様ではないので毎回少々脳がバグるが、それはお互い様だろう。

『物心つかれたのはいつですか？』

『確か小三だったと思います。男は宝塚に入れないと分かったときに、改めてファンとしての道が開けました』

男役になるおつもりだったらしい。

『野球やサッカーを見て選手に憧れるのと同じベクトルに宝塚があったんです。何しろ身の回りに宝塚スター以上にかっこいい男性など存在しませんから、自分がなりたい理想の男性像を追求していくと自然と宝塚スターということに……』

それは確かにそうだ。現実に宝塚スター以上の男性などいるわけがない。清く正しく美しく、心技体いずれを取っても男の中の男。男の中の男がトップから名脇役、新人若手生徒に至るまで揃っている最強の軍団である。

『それは……幼くして大変な挫折《ざせつ》を』

『女の子に産んでやれなくてごめんねと母に泣かれました』

泣いて詫《わ》びた母はこう宣《のたま》ったという。

宝塚スターにはなれなくても、わたしたちは一生スターを支えていくことができるのよ。

『その薫陶が後々スターサファイアのネクタイピンにまで繋《つな》がるわけですね……！』

『まあ、それは今まで宝塚に注ぎ込んだ総額からすると些細《ささい》なものですから』

恐い！　当年五十四歳、弊社エリートコース爆走・史上最短昇任研究所長が宝塚に注ぎ込んだ総額恐い！


『就職も本当は阪急電鉄を狙ってたんですが……』

宝塚歌劇は阪急電鉄グループの事業である。グループの部門は多岐にわたり、映画会社の東宝は「東京宝塚」に由来する社名ということは宝塚ファンにとって基礎中の基礎。

スターへの道を断たれて事業側を目指すというのは、社内きっての切れ者であるMr．ブルーらしい進路ではある。


『筆記試験は通ったんですが、面接の当日にインフルエンザで辞退することに』

それは……、何と言っていいやら分からず、絶句の後に『さぞやご無念』と搾り出した。


『いえ、お気になさらず。どうも私はここ一番の運がないようで。万が一にも宝塚の運営に運のなさが影響を及ぼしていたらと思うと、むしろ落ちて良かったのかもしれません』

何というポジティブ変換。ポジティブすぎて恐い。


『宝塚音楽学校の受験資格すらないと知ったときの挫折を思えば何ほどのものでもありません。人生最大の挫折を子供の頃に味わっているので、その後の挫折は全てかすり傷です。長じてから身長も顔面も男役を目指すにはあまりに力不足と思い知ったおかげで身の程をわきまえることもできましたし』

Mr．ブルーの声音に自嘲《じちょう》の気配はなく、事実を事実として淡々と述べている様子だった。


『ああ……わたし、今ちょっと泣きそうです』

『何ですか。私の身長と顔面への憐《あわ》れみですか？』

『いえ、とんでもない！』

確かにMr．ブルーは身長は平均より低いほうだ。山椒《さんしょう》は小粒でもぴりりと辛いという比喩《ひゆ》でその辣腕《らつわん》ぶりを語られる。

『宝塚はこんなにも人を強くするのかと感動の涙が……稟議を出しても出しても通らない所長の強靭《きょうじん》な精神を育《はぐく》んだのが宝塚だと思うと、通らない稟議に誇らしさすら感じます』

『いえ、稟議が通らないことは恥だと思ってください』

ドライヤーの新モデルは未だに試験中である。

『モニターをオンにしたらアホ毛が浮いているようなことにはなっていないでしょうね』

『宝塚談義に仕事を持ち込むのはおやめください、閣下。オフはオフで大切にしましょう』

確かに、と納得した気配がして、すみませんと率直な詫びが入った。

それに最近はヘアケアも怠っていない。ワックスでなでつけなくても素直にまとまるくらいになってきた。

『どうも私は仕事と趣味を切り離すことが苦手で』

言われたことの意味がちょっと分からない。

『仕事……関係ありますかね、宝塚に』

『何を言っているんですか？』

Mr．ブルーがいかにも怪訝そうな声になる。言われたことの意味がちょっと分からない、と声音で率直なリターンだ。

『私は自社製品がタカラジェンヌに選ばれることを常に目標としていますよ。ドライヤー、加湿器、空気清浄機、美顔器、エアコン、白物家電に至るまですべて』

厳しい判断に合点が行った。想定ユーザーがジェンヌ、それは半端なものは出せない。

『ドライヤーなら黒船と比較して当社を選んでもらえる、そのくらいのレベルでないと。価格帯は当社が有利です。しかし、髪を乾かすのは毎日のこと。ハードな毎日を送っているジェンヌのQOLを向上するためには乾燥時間の短縮は必須《ひっす》。さらにジェンヌとして美しい髪を維持できる性能も必須。その使命に新機種が耐えうるかどうか。現状ではまだ足りない』

Mr．ブルーにとって全ての道は宝塚に通ずるのだ。おそらくこのモチベーションが史上最短昇任を実現させている。

『いけないいけない、また仕事と混同してしまいましたね』

『いえっ……志を共有できるように頑張ります！　夢はイコ様に使ってもらえるドライヤーですね！』

そういえば、まだこの話をしていなかった。

『イコ様のお披露目公演はもうご覧になりましたか？』

新トップコンビが主演を果たすお披露目公演は、卒業公演と並んで宝塚ファンには格別の思い入れがある公演である。

生駒礼人は満を持してロミオとジュリエットにてロミオ役だ。娘役トップの天使《あまつか》アンジュも歌とダンス、ルックス、身長ともに生駒礼人と好バランスで今後の期待が集まっている。

『私もようやくこの前の日曜日に観に行けたところなんです』

公演期間はそろそろ終盤、Mr．ブルーがまだ観ていなかったらこの話題は次に持ち越そうと様子を窺う。

と、Mr．ブルーからは歯切れの悪い沈黙が返ってきた。ややあって、

『ご覧になれたんですね。それはよかった』

何だこの寂しげかつ儚《はかな》げな相槌《あいづち》は。五十四歳会社役員男性の醸し出す儚さは生まれてきてから初めて食らったが、ただごとではない哀切な響きが声に籠《こ》もっている。

『あ、あの……』

『私は……取っていたチケットがすべて公演中止の時期にかかりまして』

ヒッ、と喉《のど》で息が詰まった。

世界的な流行を見せている疫病の煽《あお》りを受け、外出自粛や休業要請が発出されることも珍しくなくなっているご時世である。もちろん、映画や舞台も例外ではない。

星組トップお披露目公演も、やはりその影響を免れなかった。幕が開いて数日でスタッフ内に感染者が発生し、最初の公演中止を余儀なくされた。その後も何度か中止期間が発生している。

どんなお悔やみの言葉も無力に感じられた。何しろMr．ブルーは伝説の研2大抜擢で「愛」を演じたときからの生駒礼人ファンだ。初期の初期からその才能を見出し、ファンクラブに入り、成長をずっと見守ってきたのである。

見守ってきたスターがついに贔屓組のトップに就任、ファンにとってこれ以上の喜びはない。誰もがその天上の夢のような瞬間を信じて贔屓スターを応援するが、何の機運に恵まれなかったのか、ついにトップ就任は果たさぬまま卒業していくスターも大勢いる。

トップスターは泣いても笑っても一人、その枠はあまりにも狭い。

Ｍｒ．ブルーはその夢を得て、意気揚々とチケットを取り、そのチケットが誰のせいでもないことですべて失われたのであった。

新トップお披露目公演などチケットは瞬殺で、新たなチケットなど手に入るはずもない。たまに宝塚仲間がやむない事情で手放すことがあるが、それも血の涙を流しつつの放出で、その血の涙には仲間が容赦なく群がりそれもまた争奪戦なのであった。

ことにＭｒ．ブルーは男性である。宝塚という世界はやはり女性ファンが圧倒的多数を占め、横の繋がりも女性よりは作りにくいだろう。

『あの、例えばお母様やお母様のお友達でチケットを融通し合えるお仲間は……』

『母もご友人も老いまして……なかなか観劇に足を運べず』

行けたとしても一回が限度で、チケットの手配は近年Ｍｒ．ブルーが代行しているという。

『老いた母やご婦人方が楽しみにしている公演を譲れなどとはとても……』

そのうえ、今回のお披露目公演は公演回数が減ったために超絶プラチナチケットと化している。

社会情勢的に公演中止の懸念はあったので、元々の先行予約から倍率も凄まじいことになっていた。時期をばらして複数枚を申し込み、どれかが観られたら御の字という寸法だ。

『何てことですか……！　わ、わたしのチケットが所長に当たっていたら良かったのに』

Ｍｒ．ブルーが生駒礼人に懸けてきた情熱を思うと、自分などよりという気持ちが湧いたのは本当だ。だが、事前にこの話を聞かされていたらチケットを譲れたかというと、それは怪しい。

Ｍｒ．ブルーより歴は短いとはいえ、やはり彼女も生駒礼人ファンであり、その晴れ舞台を棒に振ることは実際にはできないだろう。

できるものならそうしたいと一抹思う気持ちはウソではないがだがしかし人間のエゴよ。

『いけませんよ。そのチケットはあなたのところに来る運命だったんです。私は人の運命を踏みにじってまでイコ様のお披露目公演を観たいわけではありません。私は清く正しく美しくイコ様のお披露目を観たかったのです』

何。神。尊い。――志の高さに語彙《ごい》が不具合を起こした。

Mr．ブルーは神。生駒礼人を、星組を、宝塚を見守る神に違いない。

『まあ、ここぞというときの運がないんですよ、私は』

Mr．ブルーの声が寂しげな笑みを含んだ。

『さすがにチケットが大劇場・日比谷《ひびや》合わせて七枚すべて飛んだときは……』


世界の！　すべてが！　闇に！　沈んだ――――――――――――――――！


『という気持ちになりましたが』

突如として高らかに歌い上げられたナンバーはロミオとジュリエット、ジュリエットの訃報《ふほう》を聞いたときのロミオの歌である。意外と上手《うま》い。

『今の一節は……』

節の回し方や余韻の残し方など、明らかに生駒礼人の癖を意識した物真似であった。

『イコ様のロミオをご覧になれてないのに……？』

『宝塚は本当に素晴らしい劇団です。大千穐楽《せんしゅうらく》を待たずして公演のブルーレイを発売してくれるのですから。そのおかげで公演に行けなかった私もイコ様がロミオとして歌う姿を、フィナーレで青い大羽根を背負って階段を下りる姿までも目に焼き付けることができるのです』

とはいえ、生でそれを見届ける至福とは比べるべくもないのだが。

『世界のすべてが闇に沈んでも、劇団は天にまたたく星の輝きを与えてくれるのです』

星組だけに。

『しかも！』

Ｍｒ．ブルーのギアが一つ上がった。

『劇団はこちらが何一つ手続きしなくてもチケット代を自動的に全額返金してくれたのです！多くの公演が飛んで興行的には厳しい状態に追い込まれているであろうにも拘《かかわ》らず！　何なら私はチケット代はもう返してもらわなくていい、そのままカンパさせてほしいと思っていたのに、劇団の誠意は私の想像をはるかに超えてきました』

彼女は幸運にも公演が飛ばなかったのでそのような次第は知らなかった。だが、さすが宝塚と敬意を新たにする処置である。

『劇団の誠意にファンとしてどう応えるべきか。私はすべてイコ様公式グッズに注ぎ込みました。お披露目公演のブルーレイはもちろんのこと、宝塚ロミジュリ全コンプリートボックス、過去の出演作の全ブルーレイ、トップ就任記念で満を持して発売された「生駒礼人ダイナマイトエクセレントヒストリー」ブルーレイセット、その他ファングッズまで今や金で買えるものはすべてが我が手にあります』

頭の中で雑にそろばんを弾《はじ》いた結果、それはS席チケット七枚分の返金を大幅に超えているのではと思われた。

『というわけで、「愛」に抜擢されたロミジュリも、新人公演のロミジュリもお貸しすることができますよ。新人公演のロミオはやはりまだ初々しさが残っていてお披露目とはまた違う魅力がありますす』

『お願いします！』

何という善きヅカ友ができたのかと思わず神に感謝の祈りを捧《ささ》げてしまう。いや、上司ですが。

『あの、もし余ったチケットが回ってきたら、お知らせしますね！』

『ありがとうございます、お気持ちだけで充分です』

ブルーレイは次の出社日に受け渡すことにして、その日は談義を終えた。


その日の朝出社すると、デスクの上に伊勢丹の紙袋が置かれていた。中身はプチプチシートに厳重に梱包《こんぽう》された箱状の物体である。

「それ、Mr．ブルーがあんたに渡しといてくれって」

同期の女子がそう声をかけてきた。今日も青かったわー、と感想付き。

「泣く子も黙るMr．ブルーとどういう接点？」

「いやー、ちょっと趣味かすってるとこがあってさ」

Mr．ブルーが宝塚ファンであることを公言しているかどうか分からないのでうっすらぼかす。

だが、彼女のほうが全く嗜《し》好《こう》を隠していないのであまり意味がなかった。

「なるほど宝塚」

「あー、何かお母さんがヅカファンなんだって。そんで色々貸してくれることに」

まあ嘘はついていない。Ｍｒ．ブルーが生まれる前から星組ファンだと言っていないだけだ。

「お、それきっかけで付き合ったりとかないの？」

「いやいやいや、年が上にも程がある。それにご結婚されてるんじゃないの？」

泣く子も黙るスパルタ研究所長、そして彼女的には宝塚ファンとしてのＭｒ．ブルーしか認識していなかったので知らなかったが、同期によると独身であるという。

「役員からお見合いの話はいっぱい来たらしいけどね〜。何かどれも決まらずじまいだったって。まあ今となっては自分が役員だし、あの年だし、お見合い持ってく人もいないよね」

なるほど、と情報の一つとして聞いておく。彼女にとっては尊敬すべき宝塚ファンという要素が最も重要なので、備考情報に過ぎないが。

借り受けたブルーレイをウッキウキで持ち帰ると、厳重な梱包は生駒礼人コンプリートセットとも呼ぶべき詰め合わせになっていた。しかも全二十枚にも及ぶ詳細な見所レポート付きである。

オタクに得意分野について尋ねると望まれた以上の熱量で回答してしまうという真理はどこかの賢者が唱えていたが、彼女とＭｒ．ブルーの間柄においてはヨシ来た合点望むところだくらいの勢いである。

ハマる前だったので生で観そびれていた公演も、臨場感あふれるレポートで作品の行間を埋められた。というかこの人やっぱめちゃくちゃ仕事できるんだなという的確な解説と感想である。

そして何より評論家気取りでなく愛があふれているのがいい。

ブルーレイを一本鑑賞するごとに予定をすり合わせて宝塚談義である。

『やはりわたしは所長にこそお披露目のロミジュリを観ていただきたかったです……！』

『いや、それはもう運命ですから。私の愛を神が試しておられるのです』

『負けません！　所長の愛は負けませんとも！　ですがもし私が不慮の事故で亡くなった場合は所長にこの脳を遺していきますからどうにか記憶を移植して私が観たロミジュリを所長も』

『おそらく技術の進歩を待つためにコールドスリープが必要になるかと』

話の合間合間にお互い耳に叩き込んだ楽曲のフレーズを口ずさんでしまうこともしばしば。

『自粛が明けたらカラオケ行きませんか!?　宝塚の楽曲がたくさん配信されてる機種を入れてる店があって』

こと宝塚の話題に関しては前のめりなＭｒ．ブルーが、そのとき初めて躊躇《ちゅうちょ》を見せた。

『いや、それは……』

『カラオケお好きじゃないですか？』

『いや、一人では宝塚の曲をよく歌いに行きますが……』

それなら何を躊躇することがあろう。

『直接ではありませんが一応は上司と部下という関係性ですし、何よりあなたにお付き合いしている方がいらっしゃったら、会社の上司と二人でカラオケというのはお相手の方はあまり気分が良くないのでは……』

『大丈夫です！　フリーです！　ド・フリーです！』

断言してからふと気づく。

独身だと聞いているが、Ｍｒ．ブルーのほうこそ付き合っている誰かがいるのでは。その場合、彼女のほうも同じ配慮をすべきだろう。

『あの、所長のほうは……』

『私のほうはこの年まで独身ですので。もはや主義です』

『主義ですか』

『理想の男性像は宝塚の男役ですが、理想の女性も宝塚の娘役ということになってきますので』

なるほど合点。今まで見合いがまとまらなかったのも道理である。

『現実に存在しない精霊が理想というのと同じですものね……』

理想と現実が切り離せずに恋愛に支障を来《きた》す経験は彼女も数多い。彼氏とのデートより観劇のほうが生きている実感がある、と気づいてしまうと急速に熱が冷めていく。

『それもありますが家庭の事情も……母が高齢ですし、私しか看取る家族がおりませんので』

画面に映るわけではないが、思わず居住まいを正す。

『介護の手助けを期待して結婚するような形になってしまうのは相手の方にも申し訳ないですし、母を看取るまでは独りでいようと決めていまして。しかし母を看取ったら今度は自分自身が老後ですし、どうも私は女の人を幸せにできる星回りではないらしいと……これもまた運命です』

そう言ってＭｒ．ブルーはすみませんと笑った。

『重たい話になってしまいました』

『いえ！　……でも、わたしは所長に幸せになっていただきたいですが』

『幸せですよ。私は一生星組のファンですから。男女なら裏切りや失望もあるかもしれませんが、宝塚は決してファンを裏切りません。愛するものが失われない、これほど幸せなことはそうそうありませんよ』

画面に映るわけではないのをいいことに思わず拝んでしまう。

『お互い支障がないのならカラオケはいずれ』

『はい！　ぜひ！』

その日の談義はそれで終わった。

次の宝塚談義より先にリモート会議の日程が決まった。Ｍｒ．ブルーも出席の予定である。思うところあって前日に美容院に行った。

会議室への入室は気後れに足を引っ張られてギリギリになった。入室するともう全員そろっていて、大トリで登場することになってしまった。

マイクはまだ誰も入れていなかったので声こそしないが、全員がどよめく気配がした。

『その髪は……』

代表して尋ねたのはチーフである。

『ご存じの方もおられるかと思いますが、私は宝塚のファンでして』

同期からチャットが入る。

【何言い出したん、あんた】

『現在、宝塚では度重なる公演中止に苦しみながら私の大好きなスターが主演を務めています。今回の役は金髪です』

長さは彼女のほうが長いが、美容師にパンフレットを見せて同じような金髪に染めてもらった。

『私の愛するスターのように髪を激しく染めている人が美しい髪質を保てるということが黒船と戦える使用感なのではないかと考え、この色に染めてきました。この髪でモニターテストに臨みたいと思います』

『な、なるほど……?』

力押しではあるがチーフは納得したらしい。そして、

『ブラァボー！』

大きく拍手したのはＭｒ．ブルーである。彼女が金髪で登場したときより参加者は動揺した。

『心意気やよし！　期待しています』

これでいいのか。いいらしい。ならいいか。そんな空気感でリモート会議は始まった。


『思い切りましたね。しかし素晴らしい意気でした』

Ｍｒ．ブルーがそう述べたのは、次の宝塚談義のときである。

『元々他社との渉外が少ない部門ですし、今は出社も減っているのでチャレンジのタイミングかと思いまして』

『乾燥時間の向上は残り２％を積み残していますが』

『イコ様に選んでいただける製品を目指して頑張ります』

オフはオフで大切に。その約束のとおり、仕事の話題はそこまでとなった。

『そういえばですね』

先日から思っていたことを切り出す。

『私も理想の男性が宝塚の男役なので、恋愛に縁遠い生活を送っているのですが』

『無理もないことです』

『結婚するかしないか、自分でも現時点でまったく分かりません。半端な男と家庭を持つくらいなら単身宝塚の追っかけをしていたほうがずっと幸せだと思いますし』

『それももちろんです』

『ですが、私も所長と同じく、一生宝塚のファンです。それだけは間違いありません。組は恋に落ちるスターによって変わるかもしれませんが』

『それもまた運命です。イコ様が組替えをしていたら私もついていったと思います』

宝塚を愛する者同士。それだけは一生覆らない事実である。

『ですから、私たちは一生善きヅカ友でいましょう。病めるときも健やかなるときも共に宝塚を愛し、助け合いましょう』

Ｍｒ．ブルーはややあって答えた。

『……なるほど。それはなかなか悪くない老後です』

我ながら悪くない提案をした。

目先の楽しみとしては、まずヅカカラオケである。

fin.

物語の「種」

「リモート会議」でいい感じの物語を。
――デビュー担当編集者

著者からひとこと

『図書館戦争』シリーズまでがっつり育てていただいた元担当氏より。コロナ禍でリモート出勤が増えていた時節のお題。

リモート会議でいい感じに話が転がるといえば、何かいい感じのもんが見切れてるとしたもんだろう。いい感じに見切れてるもんといえばおキャット様一択だが、猫は初っ端でやっちゃったから別のものだなと「見切れてて物語性があるよさげなもの」を考えていて、「宝塚のポスターなんか良くない？」と思いついた。宝塚といえば旧メディアワークス時代の副担当氏（男性）が重度のファンだったので下調べの当てもあった。

短編で宝塚を取り上げようと思うので宝塚初心者の私に基礎知識をざっくり叩き込んではくれまいかと連絡を取ったところ、それはそれは圧の強い布教メールが何通も届き、彼の最愛スターのロミジュリ公演が氏の取っていた回のみ狙い澄ましたかのようにコロナでチケット全飛びしたという血を吐く体験談も届き、こりゃこの人のことそのまま書いたほうがおもしれーなとなったのでＭｒ．ブルーのモデルはそのまま本人である。運がないところもそのまま実話である。

「参考までにその全飛びしたロミジュリ公演の円盤などがあったら貸してはくれまいか」と話を振ったら「お任せあれ！」とロミジュリ円盤と氏の膨大なるタカラヅカ・スカイ・ステージの録画から厳選されたおすすめ作品詰め合わせが届き、添えられた解説に沿って観ているうちにまんまと小説家も宝塚の沼に落ちたそうな、むかしまっこうさるまっこう。

いつかＭｒ．グリーンやＭｒ．ピンクなど全組シリーズ展開もしてみたい。

百万本の赤い薔薇

出張が多い会社だということは結婚する前から伝えてあった。

案の定、結婚一周年の記念日も出張中であった。

今なら出先でも携帯でちょっとメールなりメッセージなり送れるが、当時は国民皆携帯という時代ではなかった。仕事を終えてから宿から電話でもしようかと思ったが、課長と相部屋だったので電話をかけるために外に出ることも少々しづらかった。実は結婚記念日なんで、などと大の男が言えたものか。

帰りに寄った土産物屋でせめて気の利いた土産でもと見繕った。幸いにしてうわばみと名高い課長も地酒を念入りに選んでいる。

出張先は和紙が名産の土地で、土産物屋には和紙の小間物が多かった。レターセットにはがきや栞《しおり》、筆立てや文箱《ふばこ》。和紙の飾りをあしらったヘアピンや髪ゴムもあったが、妻はショートヘアなので髪飾りは使わない。

赤い薔薇《ばら》をちぎり絵であしらった文箱があった。ちょうどはがきが入るほどの小振りな物だが細工が細かくて気に入った。薔薇は妻も好きな花だ。

他は適当な銘菓を選んでレジに並んでいると、後ろに課長が並んでひょいと彼の手元を見た。

「お、洒落《しゃれ》てるな。俺も嫁さんに買おうかな。同じのあるかい？」

課長が尋ねたのはレジを打っていたおばちゃんだ。

「ああ、これいいでしょう。職人さんが一つずつ作ってるんですよ。でも椿《つばき》はまだあったかなぁ、これが最後の一点かも」

「椿がいいんだけどな～」

話に置いていかれたのは彼一人である。――椿とな。

赤い花びらが重なった花で葉は緑。どこで薔薇と椿を見分けているのか花に疎《うと》い彼にはとんと見当がつかなかったが、課長もおばちゃんも文箱の花が椿だという共通認識で話している。

そうか、薔薇ではなかったか。

「紫陽花《あじさい》や水仙もきれいですよ」

「紫陽花か。紫陽花もいいな。見てこよう」

課長は意外と風流であった。薔薇でないなら柄を譲ってもよかったのだが、何となく言い出しそびれた。

「お土産ですか？」

「ええ、妻に」

「あら、いいご夫婦」

おばちゃんは何かかわいいリボンでもあったらよかったんだけど、と恐縮しながら店屋の名前が入った鄙《ひな》びた柄の包装紙で文箱を包んでくれた。

「紫陽花は手が込んでていいねぇ」

上機嫌で課長が戻ってきた。

「いいでしょう」

気さくな課長はたかがレジを通すだけの間におばちゃんと話が弾んでいる。

「こちらも奥さんにお土産ですか？」

「部下を見習ってね。山の神の機嫌は取っとかないと恐いからサ」

「あら、そんなこと言って」

あら、いいご夫婦。と言われて、はァどうもで終わってしまう自分とはえらい違いだ。いつかこの課長のようになれるのだろうか、などとちらりとかすめた。営業職なら愛想はないよりあるほうがいい。

本当は研究職が志望だったが、同期にもっと優秀な奴が何人もいた。営業は性分的に自分にはあまり向いていない、と思いながら四年目だ。

帰りの列車で缶ビールの打ち上げになった。課長の肴《さかな》はカルパスで彼はするめのゲソだった。

「ゲソ好きか」

「ええ、まあ」

「いつもゲソ買ってるもんな」

よく見ているなと思った。

「分かるよ、ゲソ旨《うま》いもんな。するめのメインはゲソだよ。ゲソのために身を食ってると言ってもいい」

彼もまったく同感だった。身も別に嫌いではないが、ゲソに比べると旨味が単調な気がして、選ぶとやはりゲソに軍配が上がる。子供の頃、ストーブの天板で焼いたするめは父と子供たちとでゲソの取り合いだった。

親父の権限で父がたっぷり取っていくので、子供の分け前はほんのぽっちりだ。大人になったら自分でゲソを一杯分丸々食べるのが夢だった。

「噛めば噛むほど味が出てくるよ」

お前もな、と課長は何気ない調子で続けた。

向いていないと思いながらの四年目は筒抜けだっただろうか。

それ以降、取り立てて仕事の話に流れることもなく、カルパスの良さを語られた。チープな肉の脂の旨味が良いそうだ。

「俺が子供の頃はさ、よく食う男の三兄弟だったから一人前ずつの肉なんか滅多におかずに出てこなかったんだよ。けど、カルパスは親父の好物だったからしょっちゅう家にあってサ。プツっと外側の皮を噛んだら脂の味がぶわっと広がって、肉々しくって、夢の食べ物だったね」

課長のカルパス談義を聞きながら、妻は何が好きだったかななどと考えた。ストーブでするめを一枚焼いたときはゲソの取り合いにはなっていないような気がする。そうだそうだ、妻は確かエンペラ派だった。二重になっていて得だからと言っていた。

一番好きなのはチョコレートボンボンだったか。父親が会社でバレンタイン・デーにもらってきた物がとても美味《おい》しかったという。何でも舶来の高級品だったそうで、なぜ会社の女子社員がこんなものをくれるのかと後に家庭争議の種になっていたという。

舶来品をもらってきたのはその一回で、例年は安物のウィスキーボンボンが常だったそうだ。胴を割って中身の酒を洗い流して食べていたという。

そこまでしてチョコなんか食べたいものかねぇと彼が言うと、妻は笑った。

チョコレートって子供のおやつとして経済じゃないでしょう？　だからいつもは買ってもらえなくって。おせんべいなら三人姉妹に一袋買っておけば済むけど、チョコレートだと三人に一枚じゃとても足りないし。

土産のお菓子は饅頭《まんじゅう》にしたが、チョコレート菓子を探せばよかったかもしれない。

列車の前をイノシシが横切っただか何だかで東京駅への到着は少し遅れた。課長と別れてから郊外の自宅までは小一時間ほどだ。

築年はいっているが水回りがきれいだったので決めた四階建てのコーポは、内見のとき一階と四階が空いていて、用心のことを考えて四階にしたのだが、出張で疲れて帰ってくると一階でもよかったんじゃないかと思ったりもする。エレベーターがないので荷物が大きいとさすがに階段がこたえる。

鍵を開けようとしたらドアが先に開いた。

「おかえりなさい」

「よく分かったな」

「足音がしたから。それにそろそろ帰ってくる時間だったし」

「俺じゃなかったらどうするんだ、不用心だろう」

そんな小言を言いながら、やはり四階にしておいてよかったと思う。朗らかだが迂闊《うかつ》なところのある妻だ、これが新聞の勧誘や何かでもドアを開けてしまうに違いない。

「これお土産」

荷物をほどきながら土産を渡す。花屋は間に合わなかったけどせめて結婚記念に薔薇を一輪、なーんてね。などとおどけて渡す胸算用も椿だったのでパァだ。

「なになに」

饅頭はパッケージで饅頭と分かるので、妻は文箱のほうをいそいそ開けはじめた。

何のお祝いもできなくて悪いけど、と言おうとしたのと、妻の歓声がぶつかった。

「結婚記念日のお祝い、用意してくれてたの？」

「いや、ただのお土産なんだけど……」

「結婚一周年だから文箱はぴったりよ」

妻によると、結婚一周年は紙婚式といって紙にちなんだ記念品を買う習わしらしい。

「きれいな椿！」

薔薇でないのはやはり一目瞭然《りょうぜん》らしい。一体どこで見分けているのか彼には不明だ。しかし、土産の文箱はたまたまではあるが大ヒットだった。

「晩ごはんももう少しごちそうにしとけばよかったわ。遅くなるかもしれないって言ってたからサッと出せるものにしようと思って、納豆とコロッケなの」

「充分ごちそうだよ、肉じゃがコロッケだろ？」

商店街の肉屋が売っている名物だ。大鍋で作った肉じゃがをつぶしてタネにしているという手の込んだもので、一個五十円という値段は当時としては相場より十円ばかり高かったが、十円のハンデをものともせず大人気のコロッケだった。

ごちそうコロッケの夕飯を食べながら、結婚記念日の話になった。

「銀婚式や金婚式は聞いたことあったけど、紙婚式なんてあるんだな」

「そうよ、毎年あるの。紙から少しずつ固いものになっていくのよ、絆《きずな》が強まるように」

「一年目が紙とすると、二年目は何なんだ？」

「綿《わた》よ。綿婚式」

「紙より固い……のか？」

「めんと読めば布だから紙より強いんじゃない？」

わたの記念品なんて何があるんだと思ったが、布という解釈でいいなら色々ある。

「タオルかな」

「お歳暮みたいでつまらないわ、ペアのTシャツなんかどう？」

「ペアルックはちょっと恥ずかしいよ」

「じゃあハンカチ」

「ハンカチ使わないからなぁ」

まあ、と妻が目を三角にした。

「いつも汚れてないと思ったら！」

やぶへびやぶへび。いつも手を洗ったらピッピと振って終わりである。

「あなたがネクタイでわたしがスカーフというのはどう？」

「えー、でも二年目だろ？　毎年ランクアップしていくなら二年目でちょっと高級すぎないか」

まだ専業主婦が珍しくない時代で、妻も結婚退職で主婦になった。彼のほうが転勤の多い会社だったということもある。稼ぎ手としては記念品のハードルが上がることはプレッシャーだ。

「そうねえ、先々はダイヤモンド婚式とかもあるんだし」

「ちょっと待て。金銀で終わりじゃないのか」

「銀は二十五周年で金は五十周年よ。もっと長生きしたいじゃない」

「銀と金の間はどうなってるんだ」

夫としては戦々恐々である。ちょっと待ってね、と妻が席を立った。簞笥《たんす》から取ってきたのは手書きのメモだ。

「銀婚式の後、真珠、珊瑚《さんご》、ルビー、サファイアとなっております」

「毎年か⁉」

「安心して、その頃は五年おきよ。十五周年の水晶婚式の後は五年ごとになるの」

五年おきでも宝石が立て続くのは厳しいなぁ、とぼやくと、妻は「何言ってるの」とハッパをかけた。

「金婚式の後はエメラルド、ダイヤモンド、ブルースターサファイア、プラチナと続くのよ」

「何だか宝石商の陰謀を感じるなぁ」

「あら、わたし陰謀でも全然かまわないわ」

「そりゃあそっちはさぁ」

でも、と妻が椿の文箱を手に取って嬉しそうに開けたり閉めたりした。

「まずは紙からよね」

間に合わせで買ったような土産物の文箱で喜んでくれる妻でよかった。

「ケーキくらい買ってくりゃよかったな」

探しながら帰ってきたら、まだ開いている店があったかもしれない。

「いいじゃない、まずはお饅頭からで。包み紙もかわいいわ」

いなかのまんぢう、という商品名の下に、味わい深いタッチでちんまりとじいさんばあさんが描いてある。

「こんなふうになりたいわね」

「ダイヤモンドが似合うばあさんじゃなさそうだ」

「箪笥にたっぷりしまってあるのよ」

「ばあさんに貢いでじいさんはこんなにやせ細ったんだな、かわいそうに」

手遊《てすさ》びをするように軽口を叩き合いながら豪勢な肉じゃがコロッケの夕飯を終え、食後は妻が淹れてくれたお茶で饅頭を開けた。

ざっくばらんとしたつぶあんの饅頭は、まあどこにでもある田舎みやげの味であった。


二年目の綿婚式は、相談して揃いの毛布を二枚買った。布団は狭い賃貸の省スペースも考えてダブルを誂《あつら》えたが、冬を一度越してみると毛布がダブルで一枚というのは具合がよくなかった。朝になるとどちらかが巻き込んで取り上げていて、片方が寒さに震えて目が覚めることになる。毛布はシングルで二枚あったほうが平等に暖かい。

電気毛布という案も出たが、綿のイメージより電化製品のイメージが強いので見送りになった。まだ安くはなかったので予算の問題も少しあるが、明け方の肩の寒さのほうがこたえるという点で意見が一致した。

椿の文箱は、毎年の年賀状をしまっておくのが定番になった。

年賀状を書く季節になると、そろそろ椿の出番ねと妻が押し入れから出してくる。去年の賀状を数えて今年買う年賀はがきの枚数を決め、二人分で百枚ほど買っておけば足りるという目安がついた。

「ただ会社の分が多いからなぁ」

会社から社用の年賀状は百五十枚ほど支給されることになっていた。

「コツコツ書いていかないと間に合わないなぁ」

「大変ね」

「営業だからどうしてもなぁ」

営業にとっては年賀状も挨拶《あいさつ》回りのツールである。部署全体でまとめて一枚、というわけにはいかない。日頃やり取りをする相手に一枚ずつ、名刺交換をしただけの相手にも一応。と数えていくと、カルパス好きの課長などは三百枚にもなるという。

向こうはチラ見するだけだろうが、チラ見したとき「あいつから来てないな」と思われるのは困る。また、そういうことを意地悪くカウントしている得意先もいる。

一筆でいいから何か添えろよ、というのもカルパス課長の教えだ。同じ部署で何人か出すときは文言を変えるようにも言われた。宛先は同じなので、何かの拍子で同じ文言で手抜きしているのを見られたら印象が悪い。

念には念を入れだ、とカルパス課長は笑った。彼は賀状のノルマをこなすので精一杯、とてもそこまでは考えていなかった。

だが、仕分けは同じオフィスでするだろうし、机の上に賀状を置いておくこともあるだろう。

念には念を入れ、万々が一。その想像力の有無が結果を分けることもあるかもしれない。

そういえばカルパス課長の机には『手紙の書き方』『時候のあいさつ』などの本があった。

礼状や挨拶状を書く機会も多い仕事だが、定型をいくつか使い回していた。なるほどなぁ、と同じ分野の本を買ってみた。

しばらくして、カルパス課長に「どうしたどうした」と笑いながら肩をどやされた。

「あいつ急にロマンチストになったなって向こうさんに言われたぞ。『一雨ごとに紫陽花の色が冴《さ》えるこの頃ですが、いかがお過ごしでしょうか』とはなかなか名文をひねるじゃないか。電話でわざわざ読んでくれたぞ」

顔から火が出そうになったのは、客先にウケてしまったことではない。それは望むところだ。

まさか真似したことが本人にバレるとは思わなかった。

「いや、あの……」

課長をちょっと見習って、とさらりと言うのは照れくさい。

「結婚してちょっと濃やかになったみたいですよって言っといた！　奥さんに椿の文箱を買ってましたしねって」

わはは と笑いながら課長は立ち去った。自分のことには鈍いのがいい上司である。

以降、すっかり愛妻家のイメージがついた。彼が新妻に椿の文箱を買ったというのは得意先にとって面白いトピックだったらしく、カルパス課長もどんどん吹聴《ふいちょう》するようになったのだ。

俺も嫁さんに椿の文箱を買わなきゃな、などとからかわれることも度々だ。上手《うま》い返しが思いつかず口をもごもごさせていると、勝手に照れていると解釈されて勝手にウケる。

お前、もうその持ち味で行け。得だ。——というのは上司命令。確かに得だ。何より楽だ。

「しかし、年賀状の枚数だとなかなか大変だよなぁ」

新年の挨拶などそれこそ定型で、バリエーションをつけるのが難しい。あまり型から外れると逆に悪目立ちしないかというのも気になる。

「じゃあイモ版でも押してみたら？」

「版画はちょっと面倒だなぁ、彫ってる間に年が明けちゃうよ」

小学校のとき図工の授業で何度か彫ったが、初めてのときは凸凹《でこぼこ》を逆に彫っていて版木の裏にやり直した。線を一本浮かすために周りを彫ってずいぶん時間がかかった記憶がある。

「おイモだったら柔らかいから楽よ。簡単な柄でよかったらわたし彫ってあげる」

そう言って妻は次の日さっそく彫ってくれていた。シンプルな梅の柄だ。

「試しに一つね」

家に朱肉しかなかったので朱肉で色を載せて裏紙に押してみると、なかなか味わい深い風合いが出た。試しに「今年もよろしくお願いします」とサインペンで書き入れてみたが、イモ版の分だけ手が込んでいる感じが出る。

「大きい梅と小さい梅と二種類彫って、赤とピンクのスタンプ台で押したらもっとかわいくなると思うの。うちの年賀状にも押しましょうよ」

「そりゃあいいなぁ。頼めるかい」

「任せて、慣れたからもっと上手にできると思うわ」

挨拶文は何種類かを使い分けたが、末尾に押した梅のイモ版は取引先から大層評判がよかった。

なかなか上手いじゃないか、などと誉められ、妻が彫ってくれたことを言うとこれまたウケがよかった。

次の年からも彫ってもらうのがお決まりになった。年々妻の腕は上がって、ついには毎年干支《えと》を彫るまでになった。その頃には手書きで苦労していた宛名も印刷になっていたが、「奥さんのイモ版」はすっかり名物になっていた。

イモ版は日を置くとしなびてしまうので、休日を一日潰《つぶ》して一気呵成《かせい》に押してしまう。印面は切り落としてふかし芋になることが常だった。

さつまいもがそれほど好きではない彼がふかし芋を食べるのは年に一回その日だけだ。年末の歳時記はずいぶん長く続いている。


結婚記念の記念品はといえば、三年目の革婚式は少し奮発して彼はベルトで妻は財布。

四年目の花婚式は花なので簡単だ、今度こそ妻の好きな薔薇のアレンジメントを買った。色は花屋にお任せでオレンジとピンク。文箱の椿を実は薔薇だと思って買ったとは言わずじまい。

五年目、木婚式。ちょっといい塗りの夫婦箸《めおとばし》を買った。

六年目の鉄婚式はよく覚えている。ちょうど岩手に出張が入ったので、南部鉄器のすき焼き鍋を買って帰った。買って帰ると予告していたので家では妻がすき焼きの用意をしていた。この年から結婚記念日のごちそうはすき焼きになり、歳時記にすき焼きが加わった。

七年目の銅婚式はさっぱり思いつかなかったので妻に任せたところ、デパートで銅製の揃いのタンブラーを買ってきた。この年に長男が生まれた。

八年目は青銅かゴムだそうで、青銅と銅とは何が違うのかよく分からなかったし、ゴムは何を記念にすればいいか分からず、また子育てが忙しい時期でもあったのですき焼きだけで終わってしまった。

一回逃すと何となく機を見失い、その後はもう取り敢えずすき焼きだけという流れになった。次の年に長女が生まれ、二人の子育てで結婚記念日どころではなくなったというのもある。

結婚記念日の代わりに子供の成長が記憶の栞になった。出張で家を空けがちな彼はあまり妻を支えてやれず、妻も不満は大きかっただろう。

それでも子はかすがいとは言ったもので、大きな喧嘩《けんか》をしても何となく子供がうやむやにしてくれた。

おかげでふかし芋の歳時記とすき焼きの歳時記は続いた。もっとも子供たちはすき焼きが両親の結婚の歳時記とは知らない。すき焼きが出てくるのが年に一度というわけではなく、年に何度か食わせてやれるくらいの甲斐性《かいしょう》はある。

だが、その頃うるさくCMを流しはじめたスイートテンダイヤモンドは流行《はや》りに気づかぬ振りをした。そもそもその頃には十年を超えていたのでノーカンである。

出張は多いが転勤は少なかった会社の方針が変わった。

各地に営業所を増やし、地元採用の契約社員に本社から管理職を派遣するようになった。一つの任地からは数年で戻れるが、一年ほどインターバルを置いてまた次の任地である。それぞれの土地の取引先ともっと関係性を深めたいという趣旨らしいが、社員にとっては、である。

彼も下の娘が中学生に上がる頃、子育ても一段落しただろうしどうだと声をかけられた。昇進がセットで、断ったら出世の芽はなくなる。

子供二人の学費を不自由させたくなかったし、家を買おうかどうか迷っていた時期でもあった。このまま勤めるのであれば単身赴任しか選択はなかった。

「喜べ、昇進だぞ！　この際だから家も買おうか」

空元気でいいこと主体に報告したが、妻の反応は冴えなかった。

「家を買ったらあなた……」

「単身赴任手当も出るからな」

被《かぶ》せ気味に妻の言葉を遮った。

「けっこう出るんだ、安い部屋を探せば俺の生活費くらいは出る。給料も上がるしローンは充分払えるさ」

「せっかくおうちを買ってもお父さんが一緒に住めないんじゃ……」

転勤を告げたら返す刀で単身赴任ねとぶった切られたという話を先輩から多く聞いていたが、こう難色を示されるのも却《かえ》って寂しい。決意が揺らぐ。

お互いそんなに我が強くないから衝突しないだけで夫婦仲は普通だと思っていたが、周囲からはおしどりだおしどりだと言われていた。案外おしどりだったのか。

「子供たちも手が離れたし、そろそろパートに出ようと思ってたところなの。だから昇進しなくてもやっていけるんじゃない？」

「パートはさ、したらいいよ。余裕があるのに越したことはないし、助かるよ。でもさ」

妻はあまり人間関係の要領がいいほうではない。ママ友との付き合いやＰＴＡなどでくよくよ悩むことも多かった。

パートに出るのは全然悪くない、だが、家計があるから辞められないというふうには追い込みたくなかった。

「家も欲しいし、子供たちが大学に行きたかったら行かせてやりたいじゃないか。それには俺が昇進するのが一番手堅いんだよ」

家は駅から徒歩二十分だが、一応希望の地域に買えた。書斎が持てたらいいなと思っていたが、さすがにそれは望みすぎだ。息子と娘に部屋を持たせてやれたので上等だ。

貯蓄のことを考えると赴任先からちょくちょく帰るのも交通費の点で憚《はばか》られ、月に二回ほどの帰宅で落ち着いた。疲れていたり、出費が重なったりしたときは月一に減る。

日頃住んでいない家は、いつまで経っても親戚の家にお邪魔するような距離感だった。迂闊に物を動かすと娘に怒られたりする。

安アパートでの一人暮らしは独身時代に戻ったような気楽さもあるし、身の回りのことは割とこまめにできるほうだった。夜中にどうしてもカップラーメンではなくインスタントラーメンを食べたくなったとき、気軽に台所を使えるのは悪くないなと思った。

妻はパートを始めたが、続く勤め先が見つかるまでしばらくかかった。やっぱり義務のようなことにしなくてよかった。

単身赴任で行ったり来たりのバタバタと長男の大学受験などが重なり、銀婚式は何もないままいつのまにか過ぎていた。節目が五年ごとになるとどちらもついつい忘れる。

真珠をすっ飛ばし、珊瑚をすっ飛ばしたときに息子が所帯を持った。娘は何やら好きなことを仕事にして一人好きなように暮らしている。

理屈としては子供の部屋が二つ空いたので、もう書斎を持てる。だが、子供たちの部屋を模様替えするのも億劫《おっくう》で、というのは言い訳だ。


「子供たちの部屋を片づけちゃうのもちょっと寂しくて……あんまりあの家で一緒に住んでないもんですから」

マッサージベッドに俯《うつぶ》せていると、気恥ずかしいようなこともさらっと言える。

「トータルで五年くらいは住んだのか？」

ぎゅうぎゅうと揉《も》んでくるのはカルパス先輩。もう上司ではないので先輩だ。

いやいやまさか、もうちょっとは……と脳内でちゅうちゅうたこかいなと数えたが、

「そんなもんかもしれません。長男は大学から下宿で家を出ましたしね」

「まあ人使いの荒い会社だったよなぁ」

単身赴任のインターバルはきっちり一年から一年半。次の赴任があると分かっているから本社勤務のときも自宅暮らしは腰を落ち着けた気分にはならなかった。

「ふくらはぎ張ってるな」

「昨日鹿児島から帰ってきたもんですから。座ってる時間が長かったせいかも」

「鹿児島の出張くらい飛行機使わせてやれよなぁ」

「JRのほうが気軽なもんで。空港がちょっと市内から遠いんですよねぇ」

カルパス先輩は転勤制になって数年で会社を辞めた。柔道整復師の資格を取り、早期退職制度を使って整骨院を開いたのだ。人柄を慕ってか常連になっている同僚は彼の他にも意外と多い。部署が離れた同僚の近況をカルパス先輩から聞くこともある。

それなりに繁盛しているらしく、予約しようとした日がいっぱいのことも珍しくない。元同僚の他にも地元の顧客をしっかり摑《つか》んでいるらしい。

年寄りは喋《しゃべ》りに来るようなもんだからな、と謙遜《けんそん》するが、腕はなかなかだ。

「先輩は思い切りがよかったですよねぇ」

「昔からマッサージは得意でな。柔道部でレギュラーよりも大事にされてたんだぞ、マッサージ要員として」

漠然と老後は整骨院でもやるか、と思っていたところに会社の大転換があって決心がついたという。

「何しろ資格さえありゃベッドひとつでできるからな。飲食店よりは畳むときのリスクが少ないだろうって計算よ」

始めるときに畳むことを考えている周到さが堅調な経営に繋《つな》がっているのだろう。

「お前は途中で研究職に行けたらよかったなぁ」

「いやぁ、でも先輩にキャラを作ってもらってから楽になりましたよ」

キャラ、というのは子供たちが言っていて覚えた。

「イモ版、続いてるよなぁ」

「歳時記ですねえ」

すき焼きの歳時記は赴任のタイミングによるが、イモ版はずっと続けている。とは言っても妻がだ。

「奥さんもプロの域だよな、ありゃ」

「喜びます」

辰年に彫った竜はちょっとした評判だった。イモを縦に切ることで長さを出した力作だ。押すのは力加減がちょっと難しかったが。

椿の文箱はさすがにくたびれてしまい、とっくにお役御免になっている。

「お前、嘱託になって四年だっけ？」

定年は過ぎたが、再雇用の希望を出した。

「さすがに転勤はもう打ち止めだろ？」

「ええ、さすがに。還暦前に本社に戻して頂きましたよ。出張はちょいちょいありますが」

定年が近づくと本社勤務になるのは最後のご奉公と言われている。

「逆だよなぁ、逆」

カルパス先輩は背中を揉みほぐしながらぼやいた。

「若いうちは本社にいさせてやればいいんだよ。結婚したり子供ができたり色々あるんだから。転勤なんか、人生のイベントがあらかた終わったおっさん連中でいいんだよ。どうせ山の神ともマンネリで飽きが来てるんだから、ちょっと離れたほうが逆に上手く行ったりするんだ」

「重役が来たときに言ってやってくださいよ」

「言ってんだけどねぇ」

今の若手は子供がかわいい盛りに転勤になったりするから気の毒だ。保育園や幼稚園、ママ友のネットワークなど子育ての環境を調えた後だとパパが一人で行ってきてということになるのが常らしい。

しかしまあ、と思ったついでにぽろりとこぼれた。

「こんなに離れて暮らすならダイヤモンドくらい買ってやればよかったなぁ」

「スイートテンってやつか？　宝石屋の陰謀だぞ、あれは。日本の会社員のつましい小遣い制でダイヤなんか買えるかってんだ」

「十年かけて積み立てとけってことじゃないですか？」

「銀婚式はもう済んだんだっけ？」

「お互い忘れて過ぎちゃいましたね。十五年過ぎると五年ごとなんでうっかりしがちで」

「じゃあ次は金婚式か」

「いやいや、間にいろいろ入るんですよ。真珠とか珊瑚とか。うち今年は四十年目でルビーですよ。まあとても無理ですけどね」

「女だけ得するようになってないか、そのシステム」

そういえば、とふと思い出した。

「初めての結婚記念日のプレゼントは先輩と一緒に買ったんですよ」

「そんな買い物付き合ったっけ？」

「覚えてませんか、椿の文箱。先輩は紫陽花を買って」

はるか彼方《かなた》の記憶をたぐり寄せる顔をしていたカルパス先輩は、紫陽花で思い出したらしい。

「あー、あー、あー！　椿がラス一でな！」

「一年目の結婚記念日は紙婚式なんですよ。俺は知らずに買ったんですけど、妻がえらく喜んでくれて。あの文箱は随分長く使いました」

「あの椿はよかったよ、細工が細かくて」

「実は俺、薔薇だと思って買ったんですよね。妻が薔薇が好きなので」

四十年目の真実はカルパス先輩に効果的に炸裂《さくれつ》した。

「薔薇⁉　お前、あれ薔薇だと思ってたの⁉」

「赤くて花びらが重なってるからてっきり。どこで見分けてるんですかねぇ、みんな」

「そりゃあ傑作だなぁ、どこからどう見ても椿じゃないか」

でもまあ、あの椿はよかった。カルパス先輩はもう一回そう言って肩を揉んだ。

マッサージは一回四千八百円なので、会計で五千円札を一枚出した。お釣りは五百円玉が一枚戻ってきた。

「結婚記念日に花でも買ってやれよ。薔薇一本分上乗せだ」

「ありがとうございます」

上司の頃もこちらが軽く受け取れるくらいの気遣いが上手かった。

本社に戻ってきて初めての結婚記念式だ。今年は家ですき焼きが食えるだろうか。妻は今年が四十年目と覚えているだろうか。鉄婚式の南部鉄器のすき焼き鍋はしばらく拝んでいない。

カルパス先輩のマッサージのおかげか、帰り道は足が軽かった。

結婚記念日に家に帰ると、食卓にはもうすき焼き鍋が出ていた。春菊、長ネギ、しらたき、焼き豆腐、名脇役もそろい踏みだ。

「二人だけだからいいお肉買っちゃった」

「もう量は要らないからなぁ」

相槌《あいづち》を打ちながらちらちら時計を気にする。と、玄関のチャイムが鳴った。

妻がインターフォンに出ようとするのを押しとどめ、自分が出る。いつもは時節柄もあり玄関に置いて行ってもらうが、マスクを着けて直接受け取った。

セロファンで包まれたアレンジメントは意外とずっしり重かった。薔薇を四十本、赤をメインに。注文はそれだけだ。

一旦下ろしてマスクを外し、もう一度抱え直して居間に向かう。

「どこに置けばいいかな、これ」

あらあら、まあまあ……と妻が目を丸くして、床にアレンジメントを置く隙間を作った。椅子には大きすぎて載らない。

「ルビーはちょっと無理だけどさ」

「ルビー、入ってるわよ」

ルビー婚式と伝えたので花屋が気を遣ったのか、薔薇の中に赤いラインストーンの飾りが一本刺さっている。

「それに真っ赤な薔薇がルビーみたいよ。ルビーを一抱えもらっちゃったわ」

「百万本だったらかっこよかったんだけどな」

流行った歌のタイトルにかけておどけてみたが、活《い》ける場所がないわよと妻は現実的だった。

「それに百万本だと意味が変わっちゃうわ、四十本じゃないと」

椿の文箱から始まって、一年一年、一歩ずつ。

ようやく薔薇が四十本。

「一年目に椿の文箱を買ったろう？　あれ、本当は薔薇だと思って買ったんだ」

四十年目の告白に、妻は若い頃より豊満になったおなかを抱えて笑い転げた。

「全然違うじゃないの、椿は真ん中に黄色い芯があるでしょう？」

「そういう色の品種かと思ったんだよ。赤くて花びらが何重にも重なっててさ。形も似たようなもんじゃないか。見分けなんかつかないよ」

「実物を見たら違うって分かるわ。来年は薔薇公園に薔薇を見に行かない？」

家から二駅ほど電車に乗ると、市が運営しているこぢんまりとした薔薇公園がある。あることは知っていたが、忙しさにかまけて一度も足を運んだことはなかった。

家の近所に何があるかもまだろくに知らない。まだまだ我が家の新参者だ。

「椿も近所のお寺に立派なのがあるのよ」

「色々案内してもらわないとな」

家は新築の間は転勤転勤でろくに住めなかったが、老後に近場の楽しみがたくさん残っているのは悪くない。

ルビーの薔薇を眺めながらつつく結婚記念のすき焼きは、たいそう豪勢な味がした。

fin.

物語の「種」

去年結婚四十年で、妻に贈った薔薇四十本の写真です。

——投稿者 ノリさん（男・69歳）

著者からひとこと

レンゲ畑を書いたので赤い薔薇の花束も書いてみよう。という感じでちょうどいい種が届いた。結婚四十周年の記念を調べたらルビー婚式だった。投稿者さんがご存じだったかご存じなかったか想像を巡らせるのも楽しい種。何にせよロマンチックな贈り物だ。

キャラクターの名付けをしない代わりに脇役の渾名《あだな》はちょいちょい出てくる、今回はカルパス先輩。我が家において当時カルパスがホットなトピックだったのでその流れで渾名がついた。

夫が晩酌の肴に買ってきたカルパスの残りをキッチンカウンターの上に置いておいたところ、

翌朝食い散らかされたカルパスが辺り一面に散らばっていた。夜中にトムが盗み食いしたらしい。テーブルやカウンターの上に乗らない猫だったので油断していた。これは完全に人間が悪いのだが、弁解すると今まではカウンターにおつまみやお菓子を置いてあっても見向きもしない気高い猫だったのである。だが、その日のカルパスは東北物産展で購入したブランド豚１００％の高級品だった。我が家の猫は違いの分かる気高い猫であったのだ。

その日を境に食品を出しっぱなしにしないルールを厳守することになり、トムのカルパス祭りはその後二度と開催されていないが、一生に一度の祭りはさぞやいい思い出になったことだろう。

郵 便 は が き

お手数ですが、
切手を
おはりください。

1 5 1 0 0 5 1

東京都渋谷区千駄ヶ谷 4-9-7

(株) 幻 冬 舎

書籍編集部宛

ご住所 〒 都・道 府・県	
	フリガナ お名前
メール	

インターネットでも回答を受け付けております
https://www.gentosha.co.jp/e/

裏面のご感想を広告等、書籍の PR に使わせていただく場合がございます

幻冬舎より、著者に関する新しいお知らせ・小社および関連会社、広告主からのご案内を送付することがあります。不要の場合は右の欄にレ印をご記入ください。

不要

本書をお買い上げいただき、誠にありがとうございました。
質問にお答えいただけたら幸いです。

◎ご購入いただいた本のタイトルをご記入ください。

『　　　　　　　　　　　　　　　　　　　　　　　　　』

★著者へのメッセージ、または本書のご感想をお書きください。

本書をお求めになった動機は？
著者が好きだから　②タイトルにひかれて　③テーマにひかれて
カバーにひかれて　⑤帯のコピーにひかれて　⑥新聞で見て
インターネットで知って　⑧売れてるから／話題だから
役に立ちそうだから

生年月日	西暦　　年　　月　　日（　　歳）男・女
ご職業	①学生　②教員・研究職　③公務員　④農林漁業 ⑤専門・技術職　⑥自由業　⑦自営業　⑧会社役員 ⑨会社員　⑩専業主夫・主婦　⑪パート・アルバイト ⑫無職　⑬その他（　　　　　　）

記入いただきました個人情報については、許可なく他の目的で使用することはありません。ご協力ありがとうございました。

清く正しく美しく

「ねえ、これお客さんに物販で勧めてくれる？　飲むだけでウイルスが治るのよ！」

店長が出してきたのは、このエステサロンで以前から扱っている美容ドリンクだ。新鮮な水素を細胞の中に取り込むことができる特別な水をベースに、アメリカで特許を取っているとかいう酵素を加え、飲むだけで細胞の新陳代謝が活性化し……真面目に聞いていなかったので細かくは覚えていないが、とにかく飲むだけでお肌が若返り、シミ、しわ、たるみが改善され、あらゆる関節痛が改善され、末期ガンさえ治るという奇跡のドリンクである。

このドリンクを毎日飲んでいるからこんなに若々しさを保てている、還暦にはとても見えないと人に言われる――と自信満々の店長は、スタッフの彼女が見る限り明らかに古稀《こき》が近く見えるし、何なら古稀を過ぎているかもしれない。店長の真の年齢は誰も知らない。

能面でも被《かぶ》っているのかというほどの厚化粧は昼が過ぎると端からひび割れてきて、店長の主な午後の業務は事務室に立てこもっての化粧直しだ。

「あらぁ、ウイルス治っちゃうんですかぁ～」

そもそもウイルスが治るという言い回しはどうなのか？　というような細かいことは突っ込まない。「飲むだけで」「世界的な猛威を振るっているウイルス感染症が」「治る」と言いたいのだろう。

感染症は抑え込んだりぶり返したりを繰り返しながら流行が続いている。

発症したところで何をどうすればいいのか分からなかった初期は、大手のエステでは回数券やコースの期限を延ばして一時休業の措置をしたという話も聞いている。スタッフと顧客が物理的に接触しないわけにはいかないエステでは頷《うなず》ける対応だ。

このサロンではどうかというと、一貫して通常営業である。どんなに人流自粛が叫ばれていた時期も定休日以外は一切店を閉めたことがない。

閑静な住宅街の民家を改装した隠れ家的エステサロンのため、人流が激しくない。よって自粛する必要はない。というのが店長の言い分であった。顧客の中にはかなり流行が激しい地域から通っている人もいたが、おかまいなしである。

マスク、手洗い、うがいは徹底している。それはもう、ほぼ楽隠居状態で直接顧客を触らない店長とは訳が違うので、スタッフはしゃかりきに予防対策に勤《いそ》しんだ。接客の前後に手の消毒はもちろん、使うベッドや器具もアルコールで拭《ふ》き上げるので、彼女の手はすっかりガサガサだ。

もう一人いるスタッフも同じである。

「ね、ちゃんと売ってちょうだいよ。あなた物販の成績悪いわよ」

「すみません、わたし説明がちょっとヘタみたいでぇ～」

器具の拭き上げをしながら愛想笑いでごまかす。

「あなた、お客の評判はいいんだから物販さえもっと伸びればねぇ。このままじゃ時給上げられないわよ」

心にもないことをよくもまぁ、と思いつつ、バカみたいな笑顔であっけらかんと言う。

「ウッソォ、時給って上がるんですか～!?　知らなかった～！」

店長はさすがにばつが悪くなったのか、タオル棚を整頓《せいとん》するふりをしはじめた。

勤めて二年になるが、時給は研修期間のままビタいち上がっていない。労働基準法の最低賃金を余裕で割っている。驚くなかれ八百円。

募集時の条件は、未経験者可・研修期間のみ見習い時給。研修中にフェイシャルマッサージやボディマッサージ、美容機器の施術を習得し、技術習得後は応分に昇給ということになっていた。

家から通いやすい場所だったことと、何より未経験者可の条件が魅力的だった。美容には若い頃から興味があったし、技術を習得したらよそのサロンに転職も利く。エステサロンの求人は他にもあったが、求められているのは即戦力で未経験者可は少なかった。

高価な美容機器はとても自分で購入できないが、マッサージならセルフケアにも役立つ。二人の息子の子育てが一段落して、手に職をつけつつ自分のメンテナンスもできると考えたら、研修期間の安い時給も許容範囲と当時は思えたのだ。

「お疲れさまでーす、お客さまお帰りになりました！」

二階のエステルームから戻ってきたのは、彼女の三ヶ月後に入ってきた後輩ちゃんだ。未経験だったが筋が良く、力持ちなのでゴリゴリに凝ったお客から全身マッサージの指名をよく受けている。見送ったお客もマッサージの常連だ。

「次のコース組んでいただけそう？」

食いつくように店長が尋ねた。

サロンでは全施術を一括前払い制のコースを組んだほうが割安な価格設定にしてある。イオン導入一回七千円が五回コースで三万二千円、七回コース四万円という具合で、一回につきいくらか割引きになるが、どちらかというと前払い制で顧客を囲い込む狙いだ。

コースが終わるときに次のコースを組ませられるかどうかが勝負である。更新されなかったら離れる前兆だ。

「取り敢えず次の予約は入れていただけましたけど……今のご時世でコースを組むのはちょっと恐いと仰《おつしや》って。当分は来れるときに一回ずつの予約にしたいって」

無理もない。コースは割安だが有効期限がある。最長でも六ヶ月だ。だが、今の感染症の流行は既に一年以上続いており、収束は未だ見えない。不要不急の外出が憚《はばか》られる状況では期限内に全回通いきれるかどうか微妙だ。

「コースの期限を延ばさないと今は難しいんじゃないですか？　一年以内とか……」

彼女もそう口を添えたが、店長は「ダメよ！」と目を怒らせた。

「今の設定でも赤字なのよ！　どんどん回転上げてたくさん組んでいただかないと！　次は絶対組んでもらってね！」

「お客さまにそんな無理言えませんよ！　ウイルス恐いじゃないですか！」

若い後輩ちゃんは生真面目なので、口先で受け流すということができない。彼女なら「言ってみますね～」と答えて「無理でした～」で済ますのだが、お客さまのために店長に立ち向かってしまう。

このままでは喧嘩《けんか》になるので、また横から口を出す。

「店長、ドリンクの説明しなくていいんですか？」

「そうそう、そうだったわね」

店長も単純なのでコロッと誘導されてくれた。

「このドリンクなんだけどね……」

と、信じるかどうかはあなた次第ですの効能を一しきり。後輩ちゃんは明らかに気のない顔で聞いている。

「ちょっとお高いんだけど、本当に効果のあるドリンクだから！　ぜひお薦めして……」

「はーい、言ってみますね～」

後輩ちゃんが答える前にニッコリ。食らえバカみたいな笑顔。

「試供品は施術後に試飲で出していいから。10ccずつよ」

ドリンクは一瓶120㎖、試飲十二回分という計算だろう。現在、店に一日十二人も客は来ない。彼女と後輩ちゃんがフル回転しても七、八人が限度だ。そもそもの問題として、三つあるエステルームがスタッフ不足で常に一つ空いている。

「あ～、でも開けちゃったら次の日まで置いとくのは不衛生ですから～。こっちで余らないように適当にやっときますね～」

ありがと、と店長は満足気にエステルームを出ていった。

「10ccって。醬油かよ」

後輩ちゃんが吐き捨てた言葉に笑ってしまう。

「まあめちゃくちゃ高いからね～。ケチりたくなっちゃうんでしょ。アン・ハサウェイも飲んでるって話だし」

ここだけの話だけどね、とアン・ハサウェイがブルック・シールズになるときもあるしエマ・

ワトソンになるときもある。

一度エリザベス・テイラーと言い出したときはさすがに「亡くなってますよね？」と突っ込んだ。最初に言い出したアン・ハサウェイのインパクトが強烈だったので、彼女と後輩ちゃんの間ではハサウェイドリンクと呼んでいる。

一本二千五百円、二十四本入り一セットで買うとお値打ち価格五万七千円。

「ガンが治るって言ってたのは知ってますけどウイルスが治るってどういうことなんですか？」

「メーカーに言われたんじゃない？　知らないけどさ？」

「先輩テキトーでウケる～」

テキトーに受け流していかないとあんな店長の下で続かない。

「大体あんなもん売ってるから赤字なんじゃないですか。うちらがいくら頑張ってもアレの赤字で吹っ飛んじゃう」

いわゆるサイドビジネスというやつだ。ハサウェイドリンクの前は矯正下着。何十万円もするセットを次々売って億を稼いだというのが店長の武勇伝だ。武勇伝再び、とハサウェイドリンクに手を出したはいいが、事務室に積まれた在庫はさっぱり減る気配がない。しかもネズミ講的な販売システムになっており、継続して仕入れないとペナルティが発生するらしく、数ヶ月に一度追加が何箱かやってくる。

「ていうか、うちらの時給上げてほしいわ」

「上がるらしいよ、いつか」

「いつかかよ！」

万事ズケズケ物を言う後輩ちゃんは時給のことを切り込んだことがあるらしいが、ドリンクの在庫がダブついて苦しいので三ヶ月待ってくれと言われたらしい。その後このウイルス禍が絶好の言い訳にスライドし、ウイルスだからウイルスだからと逃げられている。

「あー、もう辞めた〜い」

「ね〜」

この一年ほど、店長がいないときは合い言葉のように「辞めたい」だ。というのも、一年前に二人の先輩に当たるエステティシャンが辞めたのである。ウイルスが流行しはじめてまもなくの頃だったか。

二人にマッサージやフェイシャルの施術を教えたのがその先輩だった。店長は名ばかり店長のこの店で、実質的に顧客を持っていたのは先輩だ。彼女が雇われた頃は目が落ちくぼんでいた。先輩の更に先輩に当たるスタッフと二人で店を回していたのだが、彼女と入れ違いにその大先輩が辞めたという。

よその店に移りたがっていたその大先輩を、受け持ちのお客さまがまだコースの途中だからと店長がなだめすかしてのらくらのらくら雇っていたが、これ以上引き延ばすならお客さまを次の店に引き抜いて辞めるとなって、慌てて雇われたのが彼女だったという次第である。

未経験の彼女の技術研修中だけはヘルプで店に入っていたが、彼女が施術を一つ覚えるごとに顧客を引き継ぎ、彼女の入店後きっちり三ヶ月で大先輩は店を去った。

技術研修は一つの施術につき合計三回、最初は先輩から説明付きで自分が施術を受け、その後先輩と店長に実技をして習得したものとする。

彼女としては、たった二回の実技で顧客を受け持つのは一言で言って不安、二言で言って不安かつ心配でしかなかったが、店長が合格と言うので仕方ない。聞くと大先輩はヘルプ料金を都度請求していたらしいので、ドケチな店長としてはさっさと彼女を一人前ということにして引継ぎを終えてしまいたかったのだろう。

そこまでしないと辞められないってことよ、と残った先輩は言った。そして先輩は、大先輩とほとんど同じ手順を踏んで辞めた。後輩ちゃんを育ててから去ってくれたのは感謝しかない。

要するにこの店は、沈む船からネズミが一匹逃げようとしたら新規のネズミを引き入れてから辞めるしかないことになっているのであった。辞める前に先輩がぽつりぽつりと漏らした事情によると、そんな調子でもう何年もやってきたらしい。

そして船に残っているのは施術歴二年の彼女と一年九ヶ月の後輩ちゃんという次第だ。

顧客とは顔馴染《なじ》みになっている。コースはどれも安くはないし、途中でほったらかして辞めるのも寝覚めが悪い。新規のネズミを引き入れて辞めようにも、彼女も後輩ちゃんも新人を育てて引き継げるほどの技量が自分にあるかどうかの自信がない。このご時世で辞めたとしても、次の勤め先を探せるかどうかの心配もある。

かくて「辞めた〜い」「ね〜」の応酬だ。これだけは幸いだったが、お互いに気が合っているので、店長を上手くかわせば職場自体は苦痛ではない。

だが、それだけにどちらかが辞めるとなると残ったほうの苦労が増えるということにも考えが及んでしまう。

「どこか探したりしてる？」

たまに探りを入れるようにそんなやり取りも。

「ネットの求人は見てるんですけどね～。通勤考えるとなかなか……」

後輩ちゃんは旦那と二人暮らしだが、数年前に山を切り拓いた住宅団地に家を買ったという。通勤はバスと電車の組み合わせだが、なかなかそのパズルが難しく、今の店は通う立地としてはベストらしい。

「先輩は？」

「うちも下の子のＰＴＡがあるからね～」

彼女のほうは、子供の学校行事に縛られて時間の自由が利かない。顧客と予約のすり合わせをすれば比較的時間の自由が利くという点では今の店はベスト。

「二人とも中学生になったらだいぶ楽になるんだけど」

下の子は小六なのであと一息だ。

「じゃあうちもその頃かな～」

はっきりと口には出さず、何となく「せーの」で辞めようねという意思疎通。

その頃にはウイルス禍はどうなっているのか。未来には重たい緞帳《どんちょう》がかかっているかのようである。

彼女が持っている顧客の中で、上得意中の上得意だった。

会員登録の身分は主婦になっている年配の女性だが、明らかに単なる主婦ではない金離れで、コースも気前よく組んでくれる。施術中の会話で推し量るに、いわゆる社長夫人であるらしい。

気に入られたきっかけは全身マッサージだ。半額キャンペーン中だったので案内したら予約が入った。それまで更新だけで新規のコースを強く勧めたことは一度もなかったが、マッサージ後に初めて勧めた。

できればコースを組んだほうがいいと思います。

社長夫人は意外そうな顔をした。今まで勧めたことがないのだから当然だ。

このままだと病気になっちゃいます。

体中がゴリゴリに凝っていて、あちこちのリンパ節に瘤《こぶ》のような滞りができていた。ある程度は施術で流したもののとても一回では改善しない。健康に差し障りが出るまで待ったなしという感じだった。

そんなに酷《ひど》い？

夫人は肩を触る仕草をした。自覚はあったらしい。

腰と足の付け根も酷いです。

何回コースがいいかしら？

１２０分の十回コースをお薦めします。

一番高いコースになる。お値段何と十二万超え。

さすがに断られるかと思ったが、じゃあそれで、と即答。やはり金持ちは違う。

後に聞いたところによると、「今まで一度もコースを勧めてきたことがないあなたが言うんだから、本当に酷いんだと思って」とのことだった。「わたしが病気になったら主人が困っちゃう、家では縦の物を横にもしない人なの」と笑った。

それからずっと指名を受けている。

おっとりした夫人で、会話もいつも穏やかだ。コースを更新するときは店長が乗り出してきて、あまり必要とも思えないオプションをあれもこれもと積んでいる。

すみません、とこっそり言うと、いいのよと微笑まれた。

あなたの売上げになるんでしょう?

善意100%の微笑みに、時給八百円の真実は話せなかった。

その日の施術の前に、店長に「頼むわよ」と言われた。ハサウェイドリンクのことである。

施術後にはいつもお茶を出すことになっており、そのお茶と一緒にハサウェイドリンクを用意した。試飲用の小さな紙コップにハチミツ色の液体を注ぐ。いつも良くしてもらっているので、気持ち多目に。

「あら、何かしら」

社長夫人は試飲カップに無邪気に注目した。

「あの、前にもお出ししたことがあると思うんですけど、店長がお薦めしてる美容ドリンクなんです」

そのときは「ガンが治るんですって!」と芝居がかった調子で言って、眉唾《まゆつば》ですよと匂わせた。

腹芸は夫人にも通用したらしく、「帰って主人に相談してみるわ」で無事に終わった。

「ガンが治るやつ」

目配せすると思い出したらしい。そのまま全く気持ちの入っていない棒読みで続ける。

「何かね、ウイルスにも効くって分かったんですって」

「そうなの？」

夫人は真顔になった。あれあれ、その顔は違うぞ。欲しいリアクションじゃないぞ。

「何かね、店長が言ってました。何かね、メーカーから連絡があったって」

「そうなの……」

夫人は頷き、試飲をテイスティングするようにゆっくり飲み干した。

「味はね、パイナップル味で美味《おい》しいんですけどね」

けどね、に強めのニュアンスを籠《こ》めてみる。

「でも、めちゃくちゃ高いんですけどね」

けどね、をネガティブにならないギリギリの平坦で放つ。

だが、夫人のリアクションは軽やかにならなかった。

「でも、全くのデタラメでそんなに高いお金は取れないいんじゃないかしら」

とても良心的で善良な意見だ。だが、この世が善人ばかりだったらモシモシおれおれと電話はかかってこないのだ。

平常だったら夫人もそれは承知だろう。おとなしくて穏やかな人だが、話していて賢明でないと思ったことはない。

「ウイルスに感染したら高齢者は危ないんですって」

もうみんな疲れているのだ。夫人も。

「主人はわたしより五つ年上なの」

愛する人がいればこそ、守りたい人がいればいるほど疲れる。

あかぎれになるほど手を洗ってアルコールをこすり、息苦しいマスクを着け、うっかりマスクを忘れて外に出ると白い目で見られるどころか殴りかかってくる奴がいて事件になったりする。

こんな世界に生まれたんじゃない。もっとぬるい世界で生きてきた。いきなり世は正に世紀末にされても人の心はついていけない。

世は正に世紀末がいつ終わるのか兆しも見えないままで人は強くはいられない。

「あなたに会うのが楽しみだったけど、このままじゃ通うのも恐いし……」

金をドブに捨てる理由を一つずつ探して積んでいく顔馴染みを黙って見ていられるほど強くもいられない。

「……わたしはお薦めしません」

夫人がはっとした。――彼女の背後を見て。

「あなた、今なんて？」

詰問の口調と声の近さに胸郭が冷えた。

聞かれた。

「取り敢えず、一箱試させていただくわ」

有無を言わせぬ調子で夫人が言った。

「店長さん、よろしくて？」

こんな据わった声を出せる人なのかと驚いた。

「――ええ、ありがとうございます！　ただいまお手続きを……」

「この人にしていただくから、下がってくださる？　ゆっくりお茶をいただきたいの」

もちろんでございます、と脳天から出るようなお愛想声で店長は引っ込んだ。完全に位負けだ。

店長が部屋のドアを閉める音を待ちかねて顔を上げた。

「すみません、わたし……」

シッ、と夫人が唇の前に指を立てた。ドアに目配せ。――たぶん張りついてまだ聞いている。

「手続きをしてちょうだい。買うならあなたから買いたいの」

張りのある声はドアの外に聞かせている。

「ありがとうございます、書類取ってきますね」

ドアを開けるとすり足で駆け去る気配がした。

夫人を送り出した後、店長に詰められた。

「どういうつもりよ」

食らえバカみたいな笑顔。

「すみませぇ～ん！　わたしだったら高くてとっても買えないから、つい心配になっちゃって～。お客さま、おうちに帰って旦那さんに怒られないかな～って」

家族からのクレームという案件に店長は弱い。強引な物販で本人の家族に乗り込まれたことが何度かあったらしい。忌々しげに舌打ちしつつ、

「次は承知しないわよ」

「はぁ～い」

次はもっと上手《うま》くやる。次は良くしてくれるお得意に金をドブに捨てさせるような真似など。

「こんなことじゃ時給は上げられないわね」

上げるつもりなど今まで一度でもあったか。

矛先を引っ込めた代わりにその日は延々イヤミが続いた。

「あなたもねえ、ちょっとはスキンケアに気を遣ってくれる？　マスクで隠れるからって手抜きしないでちょうだい。お客さまから苦情が来るのよ、エステティシャンが肌荒れしてたら効果があるのかどうか心配になるって」

「どなたが仰ってるんですか？」

「あなたは知らなくていいことよ。みんな言ってるんだから」

みんな言ってる。──子供の頃にその理屈を振り回していたいじめっ子が同じクラスに一人はいた。中学生になっても、高校生になっても。大人になったらこんなバカはいなくなるだろうと思っていたのに、大学生になっても社会人になってもママになってもいた。

行き着く先はここだヨー。こうはなりたくないよネー。

「お客さまがいらっしゃるのでお部屋のお支度に入りますね～」

「物販の説明はわたしがするから。呼びに来なくていいわよ、頃合いで行くから」

見張っているからな。はいはい承知承知。

エステルームの物品をこれでもかというほどアルコールで拭き上げ、ベッドのシーツやタオルを替える。

ハサウェイドリンク一箱五万七千円。夫人がそれをぽんと出せるような暮らし向きの人であることは知っている。全身マッサージ十回コース十二万円も一括だった。

だが、自分が十回分しっかり施術できる十二万円と、頭空っぽにして夢だけ詰め込んだような謎の美容ドリンク五万七千円ではわけが違う。同じ金額でフェイシャルもボディも何回かコースを組める。どうせなら。

うなるようにお金があるとしても、こんな使わせ方はしたくなかった。

悔しくて悔しくて、拭き上げるテーブルがみしみし鳴いた。


その日の帰り、地元の百貨店に寄った。

帰り際にまたイヤミを言われたからだ。その顔なんとかしなさいよ。

お前もナ。岩盤ファンデがひび割れてるぜ。腹で毒を練りながらバカみたいな笑顔でお返事。

後輩ちゃんが「何あいつ」と毒づいてくれたが、昼間の事情は話せなかった。話したら自分の口で自分にとどめが刺さる。

イヤミを真摯《しんし》に受け止めたわけではないが、帰宅する前に少し発散したかった。こういうときは自分を甘やかすに限るので、ハサウェイよりは信頼できるコスメブランドでパックでも買おうという算段。へこんだ自分を慰めるときは消え物に限る。衝動で物を買ってもへこんだ気持ちを物で残すようなことになる。

かといって胃の中に消える物もよろしくないという主義だ。あんなクソババアのために余計なカロリーを取ってたまるか。

どこで何を買おうと決めていたわけではないので、何となくコスメコーナーをぶらぶら巡る。と、催事のコーナーに何やら見慣れないコスメの物販が来ていた。正確には、コスメの物販が来ているなという気づき方ではなかった。

何だかきれいな人たちがいるな、とその一角に目を惹《ひ》かれた。揃いの制服やエプロンではなく、数人いるそれぞれが私服だが、すらりと姿勢が良くてそれぞれに端整でタダモノではないオーラを発していた。

モデルかタレントでも来ているのかな、とふらふら寄っていったら物販だった次第。

馴染みらしいお客とのやり取りが聞こえて正体が分かった。元タカラジェンヌであるらしい。いわゆる宝塚《たからづか》OG。

なるほど道理で、と思ったのは若い頃にここから電車で何駅も離れていない宝塚大劇場に通い詰めていたからだ。

好きな男役トップスターが退団してから何となく足が遠のいてしまったが、その機がなければ結婚も遠のいていたかもしれない。そのスターを見つめていれば日常の不安や倦怠《けんたい》感、嫌なこと諸々《もろもろ》すべて吹き飛んでしまうので人生に翳《かげ》りが生じず、宝塚さえあれば一人で生きていける生物に進化していた可能性がある。

トップスターの中にはトップを退いた後に専科という各組を必要に応じてヘルプする傭兵《ようへい》部隊のような集団に属し、五十歳を過ぎてもなお現役という人もいるので、あの人にハマっていたら危なかったと割と真面目に思っている。

ラインナップは石鹼《せっけん》に美容クリーム、洗顔料、あとはダリアコーヒーなるものも置かれている。他にも絵はがきやポプリなどのアイテムが並んでおり、いわゆるライン使いするような化粧品が揃っているわけでもないようだ。

だが、その見慣れないコスメの販売員が一番佇《たたず》まいが端整だった。こんな端整な人々が売っている商品とは？　と単純に気になるし、正体が宝塚ＯＧと聞けばなおさら。

「何か気になる商品おありですか？」

スッと声をかけてきたのは、すらりと背が高いショートヘアの女性だった。頭の形がきれいでショートがよく似合っている。裾だけひらりと控えめに広がる花柄のスカートを穿《は》いているが、

「元男役さんですか？」

無防備なところに声をかけられたので、頭の中身がそのまま垂れ出た。

女性はちょっと目をぱちくりさせたが、にこりと笑った。

「はい。元雪組でした」

「あ〜、雪組大好きでした〜」

好きなトップが正に雪組だった。

「あら、嬉しい」

「宝塚のＯＧさんたちで作ってらっしゃるお化粧品なんですか？」

「わたしがメーカーを立ち上げたんですけど、物販のときは同期や後輩にヘルプをお願いしてるんです」

「説得力ありますよね〜、フラフラっと近寄っちゃった」

「説得力？」

「だってこんなきれいな人たちが売ってるお化粧品なら絶対いいものだって思っちゃう」

ありがとうございます、と元男役女史は胸に手を当てて軽く一礼した。男役だ、男役が気障《きざ》るやつ！　と勝手にテンションが上がってしまう。

変に謙遜《けんそん》しないところもいい、元宝塚ＯＧなのだから気品があって当たり前だ。気品ある所作が身についている人が美しいのも当たり前だ。

「ダリアが原材料なんですよ」

「ダリアってお花の？」

花びらでもすり潰《つぶ》すのだろうかと思ったら説明が来た。

「ダリアって球根がおいもみたいになってて、そこに栄養とか美容成分が集まってるんですよ。お花の農家は花が終わると球根は捨てちゃうんですけど、もったいないなと思って加工してみたんです。だから名前もダリアジェンヌ。元ジェンヌが作ってるダリアの商品です」

ラインナップの中にあるコーヒーもダリアの根から作ったものらしい。タンポポコーヒー的なものだろうか。化粧品を作るのが目的ではなく、廃棄されるダリアの球根を活《い》かそうという目的なら、不思議なラインナップになるのも道理だ。

「ダリア農家さんとお知り合いなんですか？」

「実家がそうなんです。わたし、宝塚の村のほうの出身で」

宝塚ファンは宝塚のことをムラと呼ぶが、そのムラではなく行政単位としての村。

「宝塚の村出身でムラに入ったんです。退団後にムラから村に帰って」

おどけた口調に釣られて笑ってしまう。

「村から来たタカラジェンヌ、村へ帰るですね」

「そうそう。村の子なんで」

「都会に残ろうって思わなかったんですか？」

つい訊《き》いてしまったのは、自分が地方出身だからだ。ほどほど辺鄙《へんぴ》なところから進学で関西に出てきて、そのまま居着いてしまった。都会の便利と求人の多さに抗《あらが》えなかった。

「わたしは村のみんなにタカラジェンヌにしてもらったので、村に恩返ししたくて」

眩しい。動機が眩しくて後光が差して見える。

ハサウェイドリンクで欲深店長とゴタゴタした身にはなおさらだ。

宝塚市では実はダリアが名産で、昔からダリア農家が多いという話も聞かせてもらった。宝塚大劇場にはずいぶん通った身だが、まったく知らなかった。

美しい宝塚ＯＧを摑《つか》まえてこれだけ豆知識を聞かせてもらったのだから、何か買わないとバチが当たる。

美容業界の端っこに携わっている者として、気になったのはジャー容器に入った美容クリームだ。全顔用だがアイクリームとしての使用がお薦めの用途に書かれており、たっぷり入っているのに五千円しない。アイクリームとしては相当お値打ちだ。

「アイクリームだけで使ったら一年以上かかりそうですよね」

「ええ、なので全顔でたっぷり使っていただけたら。手のひらについた分はハンドクリームに」

「手もきれいになります？」

手が商売道具の立場としては気になるところだ。元男役女史はちょっと小首を傾げてから手の甲を揃えて見せた。

「わたし毎日使ってこんな感じです。全顔に塗ったあと、手にも揉《も》み込んで」

肌理《きめ》の細かいきれいな手だった。

財布と相談して、クリームと石鹸を一つ買った。石鹸は三つある中からオレンジの香りがするものを。フレッシュな柑橘《かんきつ》の香りは元気が出そうだった。クリームに配合されているラベンダーも好きな香りだ。ラベンダーのアロマオイルは美容業界的には万能で、アロママッサージのときは取り敢えずラベンダーを混ぜておけという信頼感がある。他の香りと喧嘩しないのでブレンドに使いやすいということもある。

新発見の美容成分がどうたらという製品ではないが、いい買い物をしたという満足感があった。村から来て村に帰ったタカラジェンヌから村の名産で作ったクリームと石鹸を買う、何かの物語に参加したようなイベント感もある。

男どもに「使わないでよ」と釘を刺しながら浴室の石鹸皿に石鹸を出し、洗顔に使うと泡立ちが細やかで優しい洗い心地だった。何しろ香りがいいので気分が上がる。香りのいいふわふわとした泡で肌を包むと、いつもより肌をいたわっている気持ちになれた。

風呂上がりはいつもラインで使っている基礎化粧品の最後にクリームを足した。薄い紫色――宝塚的にはすみれ色のクリームだ。よく伸びて使いやすい。ラベンダーの香りも落ち着く。

目元に特にしっかり塗り込み、手のひらに残った分はそのまま手に揉み込む。

人の美容は懸命に受け持ってきたが、自分を慈しむ時間は久しぶりに持ったような気がした。

何となくスマホで検索してみると、元男役女史のインタビューや製品情報が出てきた。

退団後はメイクの仕事をしようと思い勉強のために上京したが、やがて自分をタカラジェンヌにしてくれた村のじいちゃんばあちゃんたちに恩返しがしたいと介護福祉士の資格を取得。結婚を機に故郷に帰ったところ、後継者不足で村のダリア農家が衰退している現実を知り、ダリアを活用した商品を開発。

談話が眩しくて目が潰れる。この腐敗した世界に舞い降りた天使か？　ゴッドチャイルドか？

だが、元タカラジェンヌという経歴に全力で応えてくれているようでもあった。やはりファンとしてはタカラジェンヌには清く正しく美しくいてほしい。

清く正しく美しい生き様でいてほしい。

勝手な期待を乗せられて重圧だろうが、しかしタカラジェンヌはいつどこで見かけてもやはりその佇まいが美しいのであった。——知らず立ち寄った退団後の物販でさえ。あの人たちが宝塚OGだと知らないお客も中にはいるだろう。それでもあれは元タカラジェンヌだよと言われたらなるほど然《しか》りと思ってしまう説得力を全員が醸し出していた。

宝塚歌劇団を作った小林一三《こばやしいちぞう》翁の薫陶たるや。

スマホを眺める視界に落ちた髪の束を何気なく掻《か》き上げると、指先からラベンダーが香った。

製品情報で過剰な効果効能は一切謳《うた》われていなかった。誠実に作って誠実に売ろうとする意志が感じられた。

あの人はきっとダリアコーヒーをガンが治ると言って売りつけはしまい、と思った。

翌日目を覚ますと、不思議なくらい気持ちがさっぱりしていた。

出勤して後輩ちゃんと顔を合わすや言った。

「わたし、辞めるね」

後輩ちゃんは目をぱちぱちさせて、ニカッと笑った。

「じゃ、ウチも辞めよっと」

後輩ちゃんも潮目を測っていたのだろう。

「家で旦那に愚痴ばっかこぼしちゃって。どんどん人相悪くなってきてるから辞めたら？　って言われてたんです。家のローンだったらそんなに無理して組んでないから、次の勤め先ゆっくり探したらいいよって」

家の事情は彼女も似たようなものだ。

「店長に話すのが修羅場だね～」

「さっさと修羅場終わらせましょうよ、今から行きましょ」

「今から⁉」

さすがに心の準備ができていない。後輩ちゃんに話してから何日か覚悟を溜めるつもりだった。

「だいじょーぶですよ、ウチら最強の切り札ありますから」

店長はといえば、塗った顔が今すぐひび割れるのではないかというほど大口を開けた。

「あんたたちそんなことが許されるとでも……！」

金切り声を上げようとした鼻先に、後輩ちゃんはカウンターを叩き込んだ。

「時給八百円って労働基準法違反ですよね？」

文字どおり店長は声を失った。

「あなた……それは……研修期間だから」

「研修期間っていつまでですか？　ウチらもう二年この時給でやってるんですけど？」

「それは……」

「ウチら今すぐ労働基準監督署に駆け込んでもいいんですけど？」

強い、さすがガンガンいこうぜ系。いのちをだいじに系の彼女ではこうは切り込めない。

だが、このままでは店長がヒステリーを起こして怪獣大決戦が始まるので、条件は仲裁した。

現在受け持っている顧客のコースが終了したら退職、新規の顧客は取らないしコースの更新もしない。新人教育もしないので引継ぎをするなら経験者に。

ハサウェイドリンクは売らない。

「それはあなた、勤めてる間は業務として……」

「ヤです！」

後輩ちゃんがまたバッサリ。

「だってガンが治るとかウイルスが治るとか絶対ウソだし！　もしお客さんに訴えられて辞めたウチらまで事情訊かれたらメーワクですもん！」

金切り声を上げるかと思ったが、店長は訴えられるというワードにも弱かった。訴えられたら勝てない商品だという自覚はあるのだろう。

「施術が終わったらお呼びするので、ご自分で説明してください。お店で実際お客さまに使ってるお品なら販売できますけど、ドリンクは店長個人のビジネスですよね？」

夫人がハサウェイドリンクを買う前にこう言えていたら。

清く正しく美しくにはもう遅いだろうか。でも。

「……今のコースが終了するまではきっちりやってちょうだいよ！」

それが店長の捨て台詞《ぜりふ》であった。

十日ほど後の給料日、時給計算が五十円上がっていて笑った。労働基準法違反のアリバイ工作のつもりか。「足りてねえよ!」と後輩ちゃんが突っ込んだ。


次に社長夫人が訪れたとき、施術の終盤で伝えた。

「今日からドリンクの説明を店長がさせていただきますので」

夫人は眉を軽くひそめた。

「何かあったの?」

「実はわたし、今のコースが終わったらお店を辞めることになって」

あら、と夫人の眉間のシワはもっと深くなった。

「揉めたの?」

「いえ、あの後叱られたとかじゃ全然ないんです。でも、わたしが色々もう無理っていうか」

ああ、それは……と夫人は納得した様子だ。クセの強い人だものね、と独りごちる。

「次のお店は決まってるの? あなたが行くところに行きたいわ」

ああ、これかと思い当たった。

お客さまを引き抜いて行ったら許さないわよ。訴えてやるから。

店長は二人が辞めることが決まってからしつこいくらいそう言っている。

「決まってません。わたしの技術じゃ他のお店が見つかるかどうか分からないし」

だが、経験者の募集に応募することはできる。その資格を得たことだけは収穫だ。

「あら、あなた上手よ。他のお店でも絶対大丈夫」

息抜きにエステを使える夫人に言われると少し自信が持てる。

「このご時世だから、お給料が同じだけもらえるところが見つかるかどうか分からないけど」

マスクの中で思わず吹き出した。それなら絶対大丈夫だ。だって、

「わたし今、時給八百円なんですよ」

何ですって、と夫人は首を持ち上げて彼女のほうを見ようとした。衝撃プライスだったらしい。

「それはあなた、わたしのコースが終わるまで待たなくていいわ。すぐお逃げなさい」

お辞めなさいどころかお逃げなさい。すたこらサッサッサのサ。

「でも今のお客さまのコースは責任持ちたいので」

「ねえ、すぐに次のお店が決まらないなら自宅でサロンをやったら？」

夫人の提案は彼女の意表を衝《つ》いた。

「もし空いてるお部屋があったらそこにベッドだけ入れて、個人でやってる人けっこういるわよ。美容機器を揃えるのは難しいかもしれないけど、アロママッサージだけに絞ったサロンでもいいと思うし」

というのは、彼女の経験則だが顔に高い美容機器を使うよりも全身マッサージで全身の滞りをほぐしてやったほうが結局顔の調子も上がると夫人に話したことがあり、夫人はそれからずっと全身マッサージでコースを組んでいるのである。

初めてのとき指が捉《とら》えた瘤のような滞りはすっかり消え、もう病気になりそうな危うさはない。

マッサージに使うオイルなら家に一通りそろっているし、折りたたみ式のマッサージベッドはそれほど高価なものではない。フェイシャルの機器も物によっては手が届くし、自分用に欲しいと思っていたものもあるから一石二鳥だ。

部屋は空いているといえば空いているし、空いていないといえば空いていない。使わない四畳半に取り敢えず要らないものを押し込んで納戸のようにしてしまっているのだ。

片づけるのが億劫《おっくう》でほったらかしてしまい、家族に魔窟《まくつ》呼ばわりされている。あれを片づけるのは骨だが、空けば使える。

自分の技術だったらどれくらいの値付けにすればいいだろう？　自分の裁量で決められるなら、コースを組まなくても気が向いたときに通いやすい値段で。この店の半額でもパートに出るより随分な稼ぎになる。少なくとも時給八百円の今に比べたら王侯貴族の収入だ。

どうせなら、自分のような普通の主婦がふらりと立ち寄って自分をメンテナンスできるようなサロンにしてみたい。

「やってみようかなぁ……」

呟くと夫人の声が弾んだ。

「やるならわたし通うわよ。お友達も紹介してあげる、あなたなら心配ないもの」

「あ、でもお客さんを引き抜いたら店長に訴えられちゃうので」

まあ、と夫人は心外な顔をした。

「わたしが誰とご縁を持とうとあの人に口を出されるいわれはなくてよ」

夫人は施術後、メモに連絡先を走り書きして渡してくれた。

「やるならきっと連絡をちょうだい。独立でもよそのお店でも行きたいわ」

これほど買ってくれるお客を少なくとも一人摑めた。これが自分が今まで仕事をしてきた結果だと思うと胸が熱くなった。


後輩ちゃんのほうは、知り合いのサロンに誘われたという。

「ちょっと遠いからマイカー通勤になっちゃうけど、交通費も出るから取り敢えず勤めてみようかなって」

マッサージメインのスタッフを探していたらしく、後輩ちゃんのパワフルな施術に白羽の矢が立ったらしい。

「よそだとめっちゃ給料もらえますよ、びっくりしちゃった」

時給八百円の身分にとって世界は驚きに満ちていた。

辞めてもときどきランチをしようと約束して、後輩ちゃんは彼女より一足先に辞めていった。

やがて彼女も最後の日が来た。感染症は季節柄もあってか少し落ち着いている。次は冬に警戒だそうだ。

店長に挨拶《あいさつ》に行くと、事務室にはハサウェイドリンクの在庫がまた積み上がっていた。だが、その行く末を気にする義務ももうない。

「今までお世話になりました」

心の籠もりようがない挨拶だが、店長もフンとしか言わなかったのでどっちもどっち。

「これ、ささやかですけど」

渡したのはダリアジェンヌの石鹸だ。通販をしていたので自分の分も兼ねていくつか注文した。店長にはユーカリの香りがする淡いピンク色の石鹸にした。クレイ効果で毛穴の汚れをすっきり洗い上げてくれるというから、能面のごとき厚化粧で息が詰まっているような肌もどうにかしてくれるに違いない。

「何のつもりよ」

「普通にお礼です。ここにお勤めできたことには感謝してるので」

興味があった美容の仕事の経験者になれたし、この年になると作るのが難しい友達もできたし、買ってくれる顧客もついた。

後は魔窟の四畳半を何とかすれば、買ってくれた夫人に案内を出せる。メールでまだかしらとちょいちょいつつかれているので急がないといけない。

この店に勤めなかったら拓けなかった未来が拓けたので、時給八百円の二年間は相殺だ。

店長は「イヤミとしか思えないわ」とブツブツ。このままハサウェイドリンクを抱えて沈んでいくのだろうか。

「ドリンクの販売、やめたほうがいいですよ」

店長がくわっと目を怒らせた。

「商売って損切りが大事なんですって」

夫人が言っていた受け売りだ。

「わたしには店長がカモにされているようにしか見えません。どうせなら老後のお金がなくなる前に損切りしたほうがいいと思います」

喉《のど》で息が鳴ったが、金切り声は出なかった。もしかすると、自分でも少し気づいているのかもしれない。

そのまま会釈して事務室を出た。荷物を提げて外へ。

まだ夕の日差しが残っていた。牢獄から出たような気分がかすめる。

別に何も言わずに辞めてもよかった。だが。

自分なりに清く正しく美しく辞められたような気がした。


辞めて半月ほどが経った。

郵便で送られてきた最後の給与明細を確認すると、五十円だけ上がっていた時給がまた八百円に戻っていた。

まあ、らしいといえばらしい。ハサウェイドリンクはやめてくれていればいいが。

魔窟は何とか八割くらい片づいた。あと一息なので、マッサージベッドのカタログも取り寄せはじめた。ベッド持ち込みで客先に出張する方式にも対応できたほうがいいので、家の車で積み卸しできるタイプを探している。

カタログをめくりながら無意識に口ずさんでいた歌は、宝塚ファンならみんな歌える「すみれの花咲く頃」だった。

久しぶりに観に行ってみようかな、と思った。

fin.

物語の「種」

兵庫県宝塚市北部の山間《やまあい》には、昭和5年から続くダリア栽培の盛んな村があります。私はそこのダリア農家に生まれ、タカラジェンヌになりました。退団後は福祉の世界に飛び込み介護福祉士に。結婚を機に帰郷すると村は少子高齢化の波が押し寄せ、ダリア産業は後継者不足に陥っていました。地域復興を願った私は廃棄されるダリアの球根を活用した商品を開発し、商品を通してその産業の歴史や素晴らしさを伝えています。世代間の価値観の違いや保守的・閉鎖的な村文化と向き合いながら、後世に繋《つな》ぐ活動はやがて輪を広げ、『ダリアジェンヌ』は宝塚のまち、そして宝塚OGに支えられる存在になりました。今後もたくさんの方と一緒にこの物語を紡いでいきたいと思います。

——投稿者 梓晴輝《あずさはるき》(あずりん)さん(女・37歳)

著者からひとこと

宝塚づいている。沼落ちしてしばらく、宝塚の阪急百貨店に宝塚OGのポップアップストアが来ると知ってのこのこ行った。売り子に元花組の天真《てんま》みちるさんが来ていると告知があったためだ。ちょうどそのころに読んだ天真みちるさんのエッセイ集（『こう見えて元タカラジェンヌです』左右社）が大変面白かったため作者さんにお会いしてみたいと思ったのだ。結果的にポップアップを訪ねた印象はそのまま作中に生かされている。なお、天真さんのエッセイは宝塚を知らない人でも抱腹絶倒のお仕事エッセイとして読めるので全力でお薦めしたい。

　このとき販売していたダリアの球根を活用した化粧品『ダリアジェンヌ』のオーナーが梓晴輝さんで、この方が私のファンだったという光栄かつ奇遇なご縁から交流が発生し、物語の種まで応募して下さった。結果的にポップアップで購入した『ダリアジェンヌ』の使い心地もそのまま作中に生かされた。こちらも全力でお薦めしたい。

「村から来たタカラジェンヌ、村へ帰る」。ご本人がそのまま魅力的な物語を生きている。これを私がフィクションに仕立てるのは野暮なので、ぜひ自伝を書いてもらいたい。いつか出るかもしれない自伝を邪魔したくないので、こちらでは『ダリアジェンヌ』を手に取ったお客の物語を展開してみた。

ダリアジェンヌ
https://dahliasienne.thebase.in

ゴールデンパイナップル

スマホでニュースを眺めていると、祇園祭《ぎおんまつり》の模様が動画付きで流れてきた。山鉾《やまほこ》巡行だ。ああ道理で、と合点が行った。京都線の電車の中で金魚のような浴衣《ゆかた》姿がやけに目についていた。祇園祭が今年は開催されたのだった。祖母の家が京都にあるので、子供の頃にはよく行った。盆地の底に貼り付く熱い空気がまるで蒲焼《かばや》きのタレのようだった。

体にねっとり絡んで裏に表に何度も返してじゅわじゅわと焼き付けるこってりとした暑さ。体の芯に熱が溜まっていくくどい暑さは、海辺の町に住んでいた彼にはかなりこたえた。

背が低い子供の身では観客に完全に埋もれてしまい、山鉾もゆらゆら揺れる高い鉾のてっぺんを少し仰ぎ見たくらいだ。

それにしたって随分と高かったんだな、と家の屋根より高くそびえた鉾がしずしずと進む映像を眺める。

流行病はまた感染のピークを迎えているが、祭の賑《にぎ》わいは子供の頃の記憶と変わらないように見える。

祇園祭は流行病のため二回中止になった。そもそもが一ヶ月かけて疫病を祓う祭だというから、新型ウイルスなどに歴史ある祭が屈してたまるかという負けじ魂が今年の開催に繋《つな》がったのかもしれない。

他にも大きな祭が今年からは復活しているニュースを聞く。一方、彼が住んでいた海辺の町の祭は引き続いて中止になったと実家の母から電話で聞いた。

小さな花火大会と夜店、別に地元の踊りでもない踊りがセットになったありふれた祭である。地元の町内会が持ち回りで運営しており、住民としても若干負担に思っていた節があるらしい。感染対策を錦《にしき》の御旗《みはた》に早々に今年も中止が決まったそうだ。

別に伝統があるわけでもなし、このままやめたらいいのにねぇ。とそろそろ運営委員が回ってくるはずだった母の正直な証言である。

地域に根付いて地元に愛されている祭と、自治体が惰性で何となく続けていた祭がくっきりと分かたれる節目になるのかもしれない。

ガタンと電車が揺れた。今日の運転士は荒っぽい。

近くに立っていた浴衣の娘がよろけた。連れの男がさっと支える。そのまま二人で手を繋いだ。俗に言う恋人つなぎでないのが初々しい。娘はマスクの色まで浴衣のピンクの撫子《なでしこ》柄に合わせていて、今日に懸ける気合いのほどが窺《うかが》えた。男は男で精一杯こざっぱりとした服のようだ。

「大丈夫？」

「うん」

「この後、うち来る？」

甘酸っぺ――――――――！

「あ、でも浴衣、自分じゃ無理だし……」

そりゃそうだ、ざまあカンカン。浴衣の娘を家に誘うなど世慣れていないにも程がある。とは言え、彼も若い頃は同じ愚を犯した。

むりむり、脱いだら二度と着れないわ！　とカラカラ笑われた。

「……着替え、貸してくれる？　浴衣、持って帰る」

思てたんとちが――――――う！

「あ、でも……おうち、大丈夫？」

そうだそうだ、撫子を着付けてくれたお母さんは帯を解いて帰ってくるなんて思っちゃいないだろう。お父さんも黙っちゃいないぞ。俺がお父さんだったら朝まで説教&小遣い減額、とまだお母さんと巡り会うアテすらないのに空想の翼を広げる。

大丈夫、とピンクの撫子ははにかんだように微笑んだ。

「ママ、わたしの味方だから」

翼は折られた。理解のあるママばんざい！　妬《ねた》ましいなんて言わないよ絶対。

その後、二人の手つなぎは恋人つなぎに昇格し、体温を分かち合うように寄り添った。

彼のほうはといえばクールビズなのに服が全身モイスチャーになるくらい汗だくである。恋の力は不快指数も乗り越えるのか。

「今年は一緒に来られてよかったね」

「二年前に約束したのにね」

「来年にはもう卒業しちゃうもんなぁ」

「講義なんかまだオンラインだもんね。……でも、間に合ってよかった」

会話の断片で恋の道のりが知れた。彼の学生時代とは違うのだ。この流行病に子供時代や青春を巻き込まれた者は、当たり前のように当たり前のことを奪われている。

大学で彼氏彼女ができてもデートひとつままならず。せっかく恋が叶っても長い自粛で思いが途絶えてしまった若者も多かろう。

オンラインで授業はできても、学生同士の交流は極めて生まれにくい。同じ教室で顔見知りになって友人に、恋人に、だが彼らには顔見知りになるという段階をざっくり奪われている。

修学旅行や学校行事の機会も同じだ。仮につまらなかったとしても、つまらなかったと言えるのはそれを経験したから言えることだ。小説や漫画、映画やドラマ、エンタメ作品の中で当たり前のようにアイコンとして登場するそれらの行事を「知らない」世代が既にいるのだ。

そして、その損失は永遠に取り返しがつかない。

彼の高校のクラスメイトには児童養護施設から入学してきた女子がいて、修学旅行なんてお金もかかるし時間の無駄だし、修学旅行の積立金を受験の準備や塾の月謝に使ったほうがよっぽどいいじゃんと膨れていた。実際、一度は修学旅行の欠席を学校側に申し入れていたらしい。

だが、彼女も卒業後に同窓会で会ったときは、修学旅行というお約束イベントに頑張って参加しておいてそんなに悪くはなかったと言っていた。

あのとき、あのクラスで。仲の良かった子とも特にそうでもなかった子ともわいわい大人数で行動する。飛行機や新幹線も何十人、何百人が列になってしゃがんで待つ。あの奇妙な解放感と束縛感は、学校行事という強制イベントでないと体験自体ができない。

ああいうのも含めて修学旅行なんだなぁって思った、と彼女は言った。楽しいことだけでなく、煩わしいことも窮屈なこともある。気まずいこともある。そういう澱《おり》を漉《こ》して上澄みを思い出にするのも人生の訓練だよね、と――同級生の頃からちょっと小難しいことを言う子だった。

標準的な体験ってしといたほうがいいんだよ、多分。みんなが知ってる基準を知らないのって、気がつかないうちに損したり苦労すること多いし。

それは生い立ちが複雑だったであろう彼女が言うから余計に重みがあった。なぜ自分にそんな話をしてくれたのかは分からない。同窓会の会場で会い、同じ本の話で盛り上がった流れだったか。高校生の頃も読む本が比較的かぶっていて感想をよく喋《しゃべ》り、それはうっすら気持ちが華やぐ思い出だった。

それも普通に学校に通えていたからだ。通う学校が閉まっていたら発生しない思い出だ。翻って、ピンクの撫子とその彼氏。

ああ、君たちは卒業までに祇園祭を見られてよかったな——と素直に思った。若者や子供たちがこの疫病で奪われたあれこれの喪失感は、大人は決して理解してやれない。理解できると言うのは傲慢《ごうまん》だ。

ただ、流行の隙間を見ながら、少しでも彼らが埋め合わせていけますようにと祈るしか。

彼らが埋め合わすことを大人たちが少しでも見守ることができたら。

浴衣を脱いで帰るのも全然オッケーだ、ただしちゃんと着けるものは着けなさい。

「梅田《うめだ》の乗り換えでジュース飲もうか」

ああ、いいね。

あそこのミックスジュースはおいしい。

おじさん、奢《おご》ってあげたいくらいだ。お兄さんと自称して滑るのが恐いので先制しておじさんと言っていくスタイルです。

氷の粒が混じったさらりとしたミックスジュースが喉《のど》を滑り落ちる感覚を思い出し、弱冷車のもったりした冷房が気持ち涼しく感じられた。

同級生の彼女に久しぶりに連絡してみようかな、などと思った。


話が長ぇんだよおっさん！

舌打ちしつつ彼女は滑り込んできた電車に飛び乗った。乗り込める車両に駆け込んだら弱冷車だった、ジーザス！

大型スーパーに勤めはじめてから一年。流行病の中、どうにかこうにか準社員枠で潜り込めたのが幸運だった。どこまでアテにしていいか分からないが正社員登用のルートもあるというし、社保完備で当面の食い扶持《ぶち》が稼げるのは相当幸運なほうだろう。卒業した大学はそれほど有名なところではない。

配属された食料品売り場も思ったより悪くなかった。品出し作業は割と向いていた。だが、上司の話が長くてくどいのがいただけない。日報の曜日を間違えたのは確かにこっちが悪いが、週半ばの水曜と木曜なんかテンション的にも客の入り的にもさほど変わらない、というかどうでもよくない？　そんなんで帰りがけに三十分もくどくど説教する？　いい水・木は週休の水・木だけDeath、覚えとけ電球頭。

おかげで帰宅に一番乗り継ぎのいい電車を逃がすところだった。

弱冷車のうえ換気で窓が少し開いていて、なけなしに冷えた空気が風に巻かれて逃げていく。お願いもうちょっと冷気プリーズ。

走った暑さでぶわぶわ鼻の頭に湧いてきた汗をタオルハンカチで叩いて落ち着かせ、ふと気がつくと乗客にやたらと浴衣が多かった。あっちにカップル、こっちに友達連れ。ひいふうみぃよ、いつむ、なな。気合いの入ったカップルは男のほうも浴衣を着ている。

男の浴衣ってちょっとチャラく見えるけど、自分で着れないだろうしお母さんとかに着付けてもらってるのかなと考えると急にかわいくなってくる。

どこかで花火大会でもあるのかな、と思ったら祇園祭のようだった。せっかく関西に進学したのに一度も行ったことがない。

浴衣でデート？　来世くらいに叶うかな？

でもまあ、今年はこちらもこれがありますから！

イヤホンを着け、スマホの動画を再生する。

よっちょれよ、よっちょれよ、よっちょれよっちょれよっちょれよ。今年はロック風アレンジだ。画面の中でまだジャージの振り付け師が鳴子《なるこ》を振って踊り出す。

ふるさとのよさこい祭《まつり》の踊りである。祭の開催中は各商店街や地元企業、自治体などあらゆる団体が踊り子隊を組織して市内の競演場や演舞場を練り歩く。曲はよさこい節をワンフレーズは入れていること（ただしアレンジ自由）、踊りは鳴子を持って前進すること（ただし振り付けは自由）、踊り子隊は曲を流す地方車《じかたしゃ》が先導すること（ただし規模は問わないので生バンド乗車のトレーラーであろうがスピーカーを積んだミニバンであろうがかまわない）等々ルールがかなりゆるいので、郷土の由緒ある踊りというイメージは全くない。踊るのが好きな奴らが夏場に各々ダンスチームを結成するというノリだ。コンテストがあるので入賞常連の強豪チームは踊り子に選ばれる競争率が高いが、踊るだけなら誰でもどこかには潜り込める。

そもそもが隣県徳島の阿波《あわ》踊りが全国的に有名で盛況なので、高知にもああいうドカンと派手なのが村おこし的にほしいと戦後に作ったお祭りだ。

仕掛け人にしてよさこい節を作曲した武政英策《たけまさえいさく》というおっさんが上手《うま》かった。曲のアレンジを許可したのも武政だし、振りを考えるに当たって手に何か持って踊ると見映えがいいんじゃないかと鳴子のアイデアを出したのも武政だ。

曲のアレンジ自由が振り切れてサンバ調が流行《はや》ったときもこのおっさんが「大胆なアレンジが流行るのは祭が若者に受け入れられた証拠、好きにさせておけ」と頭の固い反対派を黙らせた。ナイスだ武政、顔も知らんけど。

なお、祭が生まれたときに基本の型となる振りも一応決められているのだが、これは「正調」と呼ばれて県庁や市役所、地元銀行などの「お堅い」チームが何となく継承を担っている。何となくというところがミソで、まあガチガチに決まってはいない。ダンサブルなチームの中に正調が交じると箸休《はしやす》め的な感じでこれはこれで良さが際立つ。全部正調だと退屈だろうから、これを狙ってアレンジ自由としたのなら武政かなりの策士である。顔も知らんけど。

当たり前に毎年やっていた頃は、雨天決行が当たり前だった。何故かは知らねど、よさこいは前後夜祭を含め四日間の開催のうち一日は必ずと言っていいほど激しく降られるのである。踊り子の熱気が上昇気流を呼んで雨雲を生むとか言われている。ゲリラ豪雨の走りであろう。降っても踊りは中止されない。むしろ天然のシャワーとばかりに汗を流してリフレッシュする。激しく降ったらすぐやむし、照りつける太陽があっという間に衣装を乾かしてくれる。

降られるのがお約束だが、不思議と台風で中止になったことはない。台風シーズンまっただ中の開催であるにも拘《かかわ》らずだ（少なくとも彼女の覚えている限り）。これも踊り子の熱気が前線に影響し、台風の進路を変えているとかいないとか。

一応全国的に有名な祭のはずだが、地元民の感情は割と分かれる。二大派閥はよさこい大好き派とあんなものやめてしまえ派。よさこいの期間中はあちこちの路上を踊り子隊が練り歩くため交通規制がかかり、市内中が渋滞に陥る。歩道も観客で溢《あふ》れ返るので大混雑、踊り子にとってはまたとない舞台だが、渋滞が傍《はた》迷惑だという声も根強い。

また、自分で踊るほどではないが見る分には楽しい派、あってもなくてもどっちでもいい派、自分が参加する年は大好きだが参加しない年は滅べ派、様々ある。

祇園祭も立派な山鉾が練り歩く間は交通規制がかかるのだろうが、祇園祭などやめてしまえという過激派はそれほどいないだろう。この辺り、伝統の長い祭と新しい祭では地元住民の意識の持ち方も違うらしい。

彼女は地元にいた高校生の頃までは友達とよく参加していた。よさこいが特に好きというわけではなく、友達付き合いの中によさこいもあるという感じだった。練習は面倒くさいときもあるが、参加すればまあ楽しいし、凝った衣装で踊り用の化粧をするのも気分が上がる。

進学で地元を出てからは参加していなかったし、特によさこいが好きというわけでもなかったが、去年おととしと立て続けによさこいが中止になってみると、自分でも意外なほどの喪失感があった。

高知がよさこいを中止するなんて。——それだけ流行病が深刻だということなのだろう、だがしかし。踊り子の熱気で台風の進路さえ変えるというあのよさこいが！

自分の親がよその人に謝るところを見てしまったような気分だった。いや、そんなところ見たことないけど。でも、実際に見たらこんな気分になりそうな気がした。

病気が流行ってからは帰省もできなかった。流行った当初、高知は感染者数が1とか0とかで非常に少なく、もし増えたらどこの誰々の家から出たと特定されてしまいそうな恐さがあった。いなかの社会の狭さである。休日に市内唯一の大型ショッピングモールに行けば大体知り合いと出くわすことになっている。それも一人では済まない。いなかのモールは多分ディズニーランドと同じくらいの価値がある。

山間部の村から参加したよさこいチームのボーカルが、モールの特設演舞場で「みんなー！ここがモールぞー！」と叫んだことがある。どんなコールよりもぶち上がったという。

今年はよさこいが復活するという。正確にはよさこい祭は中止だが、代替案として規模を縮小した「よさこい鳴子踊り特別演舞」を開催するという。どういう分類をしているのかは知らないが、よさこいはよさこいだ。

居ても立ってもいられなくなった。いつも踊っていたチームが参加することになり、彼女にもリモートで練習できるからどうかと誘いが来た。もちろん即答で参加。いつも一緒に踊っていた仲間も何人かは帰省して参加するという。

地元組も実際に集まっての練習がなかなかままならないようだが、リモートだからこそ県外組が参加しやすい部分もある。むしろ、この流行病の自粛がなかったらゆるやかに見る側に回っていただろう。

自分が参加していなくても開催はされていてほしい、それがよさこいだ。前代未聞の二年連続中止に不思議と気持ちが奮った。規模を縮小してでも開催されていたら、県外からリモート練習で参加とまでは思わなかったかもしれない。

ワンルームの部屋では狭いので、彼女はマンション前の道で練習している。鳴らすとうるさいので拍子木部分は輪ゴムで留めている。一度職質されたが、ふるさとの踊りの練習だと説明すると警察官の目が優しくなった。ふるさとという言葉に人は割と優しい。

県外組はそれぞれ練習場所を見つけて励んでいるらしい。合い言葉は「目指せ、花メダル」。

各競演場には審査員席が常設されており、次から次から流れてくる踊り子隊の中から「魅力的に踊っている」踊り子にメダルを授与する。とはいえ、授与式のようなものがあるわけではなく、審査員が踊り子たちを縫って進み、踊り子の首に横からひょいとかけるだけだ。

これぞの基準は特にないが、笑顔はかなり重要。下手でも笑顔がいいともらえたりする。同様に、衣装を着てぽてぽて歩いているだけの幼児がもらえる率もけっこう高い。

審査員のおっちゃんおばちゃんの「気分で」濫発されるメダルだが、そんな中にひときわ格の高いメダルが存在する。それが花メダルだ。普通のメダルを造花でぐるぐるデコっただけのものだが、これは「笑顔」「技術」「人目を惹《ひ》く」など複数の要件が重ならないと授与されない。何を以《もっ》て上手いとするかは決まっていないが、もらえる奴は「何か目立つ」。

数も少ないので、踊り子としては一度はゲットしたい憧れのメダルだ。毎年参加していた頃はもらえた例《ため》しがない。出ていればそのうちもらえるだろう、と流れで出ていた年月が惜しまれる。流行病の自粛がなくても、県外組になったら練習に参加することがそもそも難しい。そんなことにも県外に出てみるまでは気づかなかった。

今年はチームの全員で合わせるのはよさこい前日の合同練習からだが、合わせる回数が少ないからこそピークはきっちり持っていきたい。

だから、――浴衣の若者たちの気持ちは少し分かる。彼女にとっての祇園祭はよその有名な祭でしかないが、「ある」ことが当たり前だった催しが突然なくなってしまう奇妙な寄る辺《べ》なさは同じだろう。

彼女がリモートでよさこいに参加する気持ちと、浴衣の若者たちの気持ちは多分似ている。

やっとあるべきものが戻ってきたという寿《ことほ》ぎだ。

浴衣を着られるイベントなんてこの二年なかった。そんなイベントがやっと来た。

あたしの天王山は、来月。あんたたちは今楽しんでくれ。

よっちょれよ、よっちょれよ、よっちょれよっちょれよっちょれよっちょれよ。

イヤホンで曲を聴きながら、体が自然と小さくリズムに乗った。

ホームに電車が来ているのは見えたが、走っても到底間に合わないので諦めた。

同じように諦めた中高年がてくてく上っている階段の端を、脇目もふらずに駆け上がっていく娘がいた。

彼の職場の準社員だった。帰りがけに日報の不備を注意したが、今ひとつ伝わっていなさそうだったので、話がくどくど長くなった。露骨に面白くなさそうな顔をしていたが、それならもう少し真面目に聞いてほしい。話を聞いている感触があればこちらも無駄に長引かせたりしない。

てきぱき動くし返事もいいし割と買っているのだが、日報の誤字脱字が多すぎる。日付や曜日を間違えて打ち込んでいることはしょっちゅうだ。何度言っても直らない。

水曜も木曜もそんな変わんないデショ、というような顔をしていたが、お弁当用冷凍つくねの補充を水曜にしたか木曜にしたかは仕入れの判断に大きく関わってくるのだ。どのような商品も売り時や流行りというものが細々ある。

電球頭でもそれくらいのことは考えている。電球頭という陰口スレスレの渾名《あだな》は十年くらい前ツルっと来たとき当時のアルバイトの若い女性が言い出してあっという間に陰で定着した。髪型でごまかせなくなった頭の形がそっくりらしい。彼は影が薄いのかオーラが薄いのか、いることに気づかずギャハハと笑って話していた。若い女性はザンコクDeath。

名付けの張本人はとっくに辞めて今では一家総出で買い出しに来たりしているが、旦那の額がだいぶ後退して行き着く先はバーコードだと思われる。親の因果ならぬ若気の至りが旦那に報い人を呪わば穴二つ。しかしまあいつも一家で楽しそうなので、もう髪の量は悪口の対象に入っていないのかもしれない。

電球頭の渾名は今でも残ってますけどね。まあ別にもうそんなには気にしていませんが。

ホームに上がってみると電車はもう出ていた。日報が雑な準社員はいなかったので、さっきの電車に滑り込んだらしい。駆け込み乗車はあまり感心しないので明日の朝礼のネタにでも使うか。話すことが見つからず困っていたところである。

名指しはしないが本人は気づいて嫌な顔をするだろう。また電球頭とぶつぶつ言われるだろうが女性に電球頭と陰口を叩かれるのは十数年来慣れっこだ。

面接のときに正社員登用について訊《き》いてきたが、今でもそのつもりはあるのだろうか。面接官の中に自分が入っていたのは向こうは覚えていないかもしれないが。

そのつもりがあるのだろうと思っていたので割と細々言っている。正社員登用は日頃の勤務を見て、という建前になっているが、誰か一人取り立てようとなったとき同じくらいの勤務評定の者がいたら、後は細かいところの比べ合いだ。彼女の雑な日報は減点対象である。

そういうことまできちんと話せばいいのだろうか。だがそれくらい自分で分からないようではとも思うし、変に肩入れしていると思われてもキモいとかセクハラとか言われるかもしれないし、まあ君子危うきに近寄らず。電球頭のおっさんは余計なことを言わないに限る。

待つほどもなく次の電車が来た。

電車のドアが開いた瞬間、華やかだなと思った。浴衣の若者が多いのだった。

赤い朝顔、青い朝顔、ピンクの紫陽花《あじさい》。紺の桔梗《ききよう》に黒地の菖蒲《しようぶ》。金魚に花火に麻の葉模様。髪も巻いて結って飾りをつけてと手が込んでいる。

手が込んでいると知っているのは、この数日というもの中学生の娘が髪型の練習で毎夜大騒ぎしていたからだ。実際に奮闘していたのは妻だが。髪をコテで巻いてゴムで結んでピンを挿して仕上げの髪飾りをつけ……と手本の動画を見ながらエアコンの利いた部屋で大汗をかいていた。

最初に娘がやってほしいと見せてきた髪型は宝塚《たからづか》の娘役の写真で、父の目から見てもそもそも髪の長さが足りないのではと思ったが、妻が宝塚をなめるなと盛大にキレていた。

あんな超絶技巧が素人に真似ができるかということもあるが、娘が選んだ髪飾りのせいもあるらしい。

子供たちから若い娘さんまで大人気キャラクター「ちびかわ」のリボンかんざしを娘は仕上げにご所望であった。彼の勤めるスーパーでもキャラクターパッケージのお菓子がよく売れているのでありがたい限りだ。

もちろんちびかわは大人気だしかわいいキャラクターだが、宝塚の娘役がちびかわかんざしを着けると思っているのか！　という点が長年宝塚ファンである妻にとって深刻な解釈違いだったらしい。

同じクラスの仲良しグループで浴衣を着て祇園祭に行くというイベントで、娘が選んだ浴衣もやはりちびかわ柄だった。

もちろんちびかわは大人気だしかわいいキャラクターだし彼の勤めるスーパーでも各種商品で多大な恩恵を受けているが、――浴衣までもか！

年頃の娘が初めて自分で選んで買った浴衣がちびかわ柄。もちろん下駄もおそろいでちびかわが鼻緒に躍っている。下駄だけでも無難なものに妻が誘導しようとしたが失敗したという。

どうしてあなたのところのスーパー、ちびかわの浴衣なんか置いてあるのよ！　と妻に厳しく責められた。

衣料品売り場は階もちがうし彼の担当ではないのでとんだ冤罪《えんざい》だが、一応売り場担当に訊くとキャラクター物は一定の需要があるので、とのことだった。

ちびかわは悪くない。大人気だしよく売れる。ちびかわが好きな娘もちっとも悪くない。これからも好きなものを素直に好きでいてほしい。しかし、娘が初めて選ぶ浴衣はできればちびかわじゃないのがよかった……！　と思ってしまうのは親のエゴだろうか。

親の贔屓目《ひいき》かもしれないが、娘は赤がよく似合う。あの赤い朝顔などはよかっただろうな、と車内の浴衣の柄を眺める。

赤い花火もいいが赤いグラデーションのハイビスカスはちょっと派手すぎる。赤い金魚と黒い出目金が水の中に泳いでいる柄も面白い。

「おいおっさん、なに見てんだよ！」

荒っぽい怒声に身をすくめると、

「お前だよ、電球頭！」

職場の知り合いかなと一瞬思ったが、怒鳴りつけてきた若い男はキンキラの髪の色からして彼の知人には存在しないタイプだった。外見的特徴の指摘がたまたま渾名と一致しただけらしい。

知らない人から見ても私は電球頭ですかそうですか。

なぜ突然怒鳴られたのか目を白黒させていると、

「俺の彼女！　じろじろ見てただろ！」

俺の彼女と覚しきは、ちょっと派手すぎるとスルーした赤いハイビスカスである。隣に本命の朝顔がいたので何度か視線が戻っていたが、

「誤解です！　決してそのお嬢さんを見ていたわけでは……」

むしろうちの娘には似合わないなと除外していたのだが、あー若い頃もこういうことあったな突然派手なヤンチャ系に絡まれること！　人間を絡む側と絡まれる側に分けたら絡まれる側ですいついかなるときも自信を持って！

「じゃあ何見てたんだよ！」

「浴衣の柄を……いえ、そのお嬢さんに限った話ではなく」

浴衣見てたってことは俺の彼女見てたってことだろうが、とか何とかこういう輩《やから》が展開しそうな論は大体分かる。分かるくらいには絡まれてきたしカツアゲされたこともある。今ならオヤジ狩りか。狩られたらどうしよう。

「実はうちの娘がちびかわの浴衣を買ってきまして。ちびかわが好きなのは知っているんですが、浴衣はちびかわじゃないのを選んでほしかったというのが正直な気持ちで。こういう素敵な柄の浴衣を着てくれたらいいのになぁといろんな浴衣についつい目が」

ハイビスカスはスルー対象だったが素敵の中に入れておく。

「えー、ちびかわって浴衣あんの？　ウケルー」

ハイビスカスの彼女がギャハハと笑った。

「ウチもキティーとかにすればよかったー！」

見ると提げている巾着《きんちゃく》は国民的ネコチャンキャラクターだ。片耳に赤いリボンがついている。

「キティーのセットもございます」

「えー、おっさん浴衣屋さんの人？」

「いえ、ダイナスーパーです。衣料品売り場で全店展開中です」

ハイビスカスが妙なところに引っかかってしまったので、イキッて突っかかってきた男は拍子抜けしたようになっている。

「えー、ウチらも地元のダイナしょっちゅう行くわー」

だから何だ。心の底からそう思うが、強《こわ》ばった顔のまま固まっておくしか選択肢がない。

「ダイナ行きにくくなったら困るし、いじめんのやめなよー」

ハイビスカスから思わぬ調停が入った。お前らの地元のダイナがどこかは知らんが。

「だって……お前のことじろじろ見るから」

ハシゴを突然外された彼氏は気まずそうにもごもごご言っている。

「おっさんウチの浴衣うらやましかったんだよー」

ハイビスカスは別段うらやましくなかったが、そう思ってもらうのは自由だ。人間には内心の自由がある。思うまま羽ばたいてほしい。

停車駅のアナウンスが入った。ハイビスカスが「あー、ウチらここだわ」とドア上の電光掲示板を見上げる。全然要らない情報ありがとう、確かにうちの支店があります。

「じゃあねー、電球のおっちゃん。来年は娘がこういうの着てくれるといいねー」

電球を駄目押ししてハイビスカスと彼氏は電車を降りていった。

ぶふっと周囲でいくつか小さく噴き出す声が泡のように弾《はじ》けた。

慣れている。——笑うがいい。

電球頭でもこれまで堅実に生きてきた。娘にちびかわの浴衣を買ってやり、妻が観たいというからタカラヅカスカイステージもケーブルで契約している。おかげで家に帰ると大体タカラヅカが流れているが、喧嘩《けんか》腰のワイドショーやニュース番組を観るよりは精神衛生的に良い、何しろ品のいい綺麗なお嬢さん方しか出てこない。おっさんには良さが分からないイケメンタレントがちやほやされているのを観てムスッとするようなこともない。意外と悪くなかった、タカラヅカスカイステージ。

電球頭のおっさんも一生懸命生きています。あなたが思うより平穏です。ご心配なく。

こらえきれずにマスクの中で小さく噴き出すと、電球がちらりと彼女のほうを見た。すみません、あまりにも似てるので。

絡まれて気の毒だったなと思いつつも、金髪男の呼ばわった電球頭に笑いをこらえるのが大変だった。彼女の他にもこらえていたのが何人もいる。

マスク、手洗い、うがいに加えて公共の場所で大声で喋るのはやめましょうというこのご時世にいきなり怒声を張り上げる金髪男にはドン引きしたが、電球頭はピンポイントが過ぎた。車内に何十人いるか知れないおっさんを一言で特定してのけた言語センスには驚嘆せざるを得ないが、絶対知り合いになりたくない。

助けられずにあまつさえ笑ってしまってごめんなさい電球さん。電球さんって呼んじゃってるけど。

娘さんの浴衣はちびかわですか。流行ってますものね。何歳だろう、小学生くらいかな。でもちびかわけっこう年齢層広いからな……

彼女の勤めるファンシーショップでも人気だ。筆記用具にメモ帳、ノート、クリアファイルにハンカチ、ティッシュ、ポーチ、手鏡、変わり種では折りたたみ傘というのもあった。

だが、よもや浴衣まで押さえているとは。ファンシーショップでは衣料品はせいぜいTシャツくらいまでなので予想の範囲外だった。

でもそういえばわたしが子供のときもあったなキャラクター浴衣。小学生のとき流行りました、ムーンライト戦記ひかり。主人公の月乃《つきの》ひかりの守護宝石がムーンストーンで、ムーンストーンの力を借りて変身して戦って……わたしのご贔屓はアクアマリンのまりんちゃんだったけど。

ご丁寧に主要キャラ五人の柄を展開していた。袖に各キャラの守護宝石……はつかないけれど、宝石を模したラインストーンの飾りがついていて、これが当時の少女たちの心を鷲《わし》づかみだった。今にして思うとえぐい商売してたなメーカー！

できればちびかわじゃないのにしてほしかった、という電球さんの気持ちは大人になると痛いほどよく分かる。そろそろ子供が生まれた友人も増えてきて、親が絶対の絶対に着てほしくないキャラクター物の服を根負けして買ったという話もよく聞く。

でもすみません、わたしもアクアマリンナイトまりんちゃんの浴衣買いました。女の子が騎士ってところがよかったんです、最先端だったんです。今なら少女戦士も男の娘《こ》ヒロインも何でもありですけど。

母親と浴衣を買いに行ったときのことは今でも忘れない、母は万策尽きたように「好きなのにしなさい」と肩を落とした。

母親が最後まで粘って薦めていたのは水色の鉄線柄だった。アクアマリンナイトが水色だったので似た色味で誘導を試みたのだろう。今思えば悪くない柄だったが、子供にはキャラクター物がどうしても欲しい時期があるのです。

その後、彼女はコスプレの道に分け入ってしまったので、浴衣を着たのはあれが最後になった。浴衣よりも先に作って着たいものがいろいろできて、浴衣どころではなくなった。

最初で最後になるのならあの鉄線柄を着てあげたらよかった、と思わないでもない。洗面所で洗って乾かし中のコスプレ用のシリコンの付け胸を見ても何も言わずにいてくれるのでいい両親である。

親の因果が子に報いるなら、彼女の子供は絶対の絶対にキャラクター物を着たがるようになるはずなので、もし子供に恵まれたら反対しないと決めている。

そろそろ結婚話が出ている彼氏もコスプレで知り合ったので、子供は英才教育で絶対にオタクになると決まっているというのもある。

彼女がようやくまりんちゃんの完成度を納得できる域にまで高められたイベントで知り合ったのが今の彼氏である。

向こうは格闘ゲームのキャラクターをやっていた。マシュマロ・ガイというキャラクターで、その名のとおり魅惑のマシュマロボディで敵の攻撃を無効化してしまう技を持っており、クセはあるものの使いこなすと最強キャラと言われていた。

そのマシュマロ・ガイを着ぐるみなしの生身で完全再現していた彼氏に一目惚《ぼ》れだった。連絡先の交換を申し込んだのは彼女だったが、向こうもまりんちゃんの完成度に好意を持ってくれていたという。

コスプレイベントを二人でそぞろ歩いていたら、「異色のカップル」とネットニュースで話題になった。

どうしよう、こんなの書かれちゃいましたね、とガイはずいぶん気にしてアプリでメッセージを送ってきた。

嫌じゃないですか？　記事、取り下げ申請しましょうか？

ＳＮＳで注目の集まった投稿を勝手に取り上げて記事にするような雑なネットニュースだった。使われた写真もイベント参加者が撮ったもので、その参加者には投稿の許可を訊かれたが、そのネットニュースは無断で使っただけだ。

元投稿の参加者も「レイヤーに許可を取って投稿しているので勝手に使わないでください」とネットニュースに苦情のコメントを書いていた。

取り下げはしてもらいましょう、と返事を書いた。

でも、わたしたちはカップルになっちゃうのもアリだったりして？

努めて気軽に、冗談としてかわされても「だよねー」と笑える余白を持たせて。行けるんじゃない？　ガイもわたしのこと好きよね？　かわされたら泣いちゃう。

コスプレで会うのも楽しいが、コスプレでは普通のお店にお茶や食事には行けない。コスプレへの偏見を助長するような行為は慎むのがコスプレイヤーの嗜《たしな》み。

クセ強ファッションとして社会的に認知されているゴスロリはたまにちょっと羨ましい。嗜む友人がいるが、ゴスロリお茶会の写真は圧巻だった。

友だちと人気のパンケーキを食べに行って、ガイもパンケーキ好きかなとよぎるようになったらそれはもう恋なのだ。職場の飲み会でちょっと美味《おい》しい焼き鳥屋に行ったときもよぎったし、何ならサイゼリーヌでも餃子の飛車角でもガイならどのメニュー好きかなとよぎる。よぎりすぎだ、マシュマロ・ガイ。

責任取ってよマシュマロ・ガイ。

・

最高潮の緊張を持って待ち受けた返事は——冗談だったらザンコクですよ、それ。

よし来た、ほい来た！　こういうときはひねりは要らない。

冗談ではない、です。

送ると長考が入った。ここで長考要ります？

ガイじゃないぼくはただのデブですよ？

ここ、そんなことないって言っても欺瞞《ぎまん》だしなぁ。とこちらもやや長考。

かわいいデブです。

ちょっとゆるキャラっぽいが、それも含めて。戦隊物だと黄色でカレーを飲みそうなところがツボである。

ガイからはポッと頬を染める絵文字が来た。

初めてのデートはパンケーキ、ガイの私服はポロシャツだった。ぱつぱつお腹はいつもどおりだが、コスプレでないという非日常にドキドキした。レイヤーにとっては日常こそが非日常。

お互い金の使いどころが似通っているので等身大の付き合いが続き、結婚という運びになった。

このご時世なので結婚式は控え、親族同士で簡単な食事会を予定している。結婚式代でコスプレ衣装が何着作れるかということを考えるとお互い自然に「ま、いいか」となった。その分のお金で流行病が落ち着いてからコスプレパーティーを披露宴的に開催するのもいい。レイヤー仲間はきっと張り切って扮装《ふんそう》してくれるだろう。

一人娘の花嫁姿が見たいと泣く両親のために、貸衣装で写真だけは撮ることになった。ガイの体型的には和装が似合うので、白無垢《むく》と紋付きである。本格的な和装はさすがにコスプレ衣装で作るのが難しいので、本格コスプレの気分で臨む。和物の漫画やアニメをチェックし、どの作品のつもりで挑むか相談中だ。

電球さんにも電球さんがツボの奥さんがいるのかな、とふと思った。ちびかわの浴衣を買った娘がいるのだから、電球さんと結婚した女性が一人は必ずいるはずだ。髪はあるときに結婚したのだろうか、でも自分がデブ萌《も》えであったようにハゲ萌えがあってもおかしくない。

まりん浴衣でコスプレ道に分け入った自分のように、ちびかわ浴衣の娘もそちらに進む可能性があるかもしれない。キャラ物は着ぐるみコスにも繋がりそうだ。

もしコスプレ道に行っても理解してあげてくださいい電球さん。などと勝手な願いをかけていると、電車がターミナル駅に停まった。

開いたドアからどっと人が流れ出していく。彼女は電球さんの後に続いて降りる流れに乗った。別に跡を追《つ》けたわけではないのだが、たまたま行く方向が同じだった。改札を出ててくてく、阪急電車の乗り換え方面だ。

せかせか歩く電球さんが先に阪急の改札を通った。真っ直ぐ向かった階段も同じ路線だな、と思ったら、電球さんの行き先は階段の下のジューススタンドだった。何人か並んだ列の最後尾に着く。

季節のフルーツで生ジュースを出すスタンドだ。バナナとみかんに氷をぶち込んでミキサーでガーッとやる定番のミックスジュースは、お手頃価格なんとびっくり一八〇円。後味がさらりと冷たくて美味しい。今日みたいな蒸し暑い日はさぞかしだ。

ちょっと心惹かれたが、今度ガイと一緒のとき飲もうと思い直して階段を上った。

一番乗り継ぎのいい電車でさっさと帰り、よさこいの練習をするはずだった予定が変わった。

理由はピンクの撫子柄の浴衣である。

乗り換える阪急の改札を通ったとき、前にピンクの撫子柄がいた。かわいい浴衣、ああいうの好き、と思っていたら彼氏連れの撫子は人の流れを逸《そ》れた。柄を目で追う感じで少し見送ると、二人は京都線に上る階段の下のジューススタンドに並んだ。

階段の下の隙間活用のような店構えのジューススタンドである。椅子がない立ち飲み形式だ。カップが軽く飲み干すサイズ感なので、大体の客がその場で飲んで帰る。

ミックスジュースかぁ、と喉を通るさらりとした冷たさが蘇《よみがえ》ってしまった。今日みたいに蒸す日はきっと殊更においしい、知ってる。

——と、ついふらふらと撫子カップルの後ろに並んでしまった。

定番のミックスジュースは一八〇円だが、季節限定商品もある。今は何かな、と下がっている札を見ると、ゴールデンパイナップルと白桃があった。どちらも心惹かれるが、値段はガツンと跳ね上がって四五〇円。とてもじゃないが手が出ない。

定番でも充分おいしい、庶民として定番を注文。カップは小ぶりだが縁までなみなみと注いでくれる。土佐《とさ》弁で言うところの「まけまけいっぱい」。

ぐっと呷ると食道の輪郭が分かるほどの冷たさが胃まで滑り落ちていった。体の芯がすうっと冷える。

一気に行くか、と更に呷ると、途中で頭にキンキンが来た。かき氷並みだ、たまらん。キンキンが収まるまで一休み。撫子カップルはキャッキャうふふとゆっくり飲んでいるので、キンキンは来ていないらしい。

と、改札からスタンドにおっさんがまっしぐらに歩いてきた。その勢いに気圧《けお》され、特徴的な頭髪の具合には後から気づいた。

電球頭だ。お前も阪急か。

電球頭は彼女には目もくれず列に並んだ。定番ミックスジュースの客を二人ほど待って順番が来て、思ったよりも大きな声で注文した。

「ゴールデンパイナップルを！」

四五〇円を⁉　――と他の客が声に出さないまでも、気配で少し沸き立った。長者だ、長者だ、長者が出たぞ。おらが駅の庶民派御用達ジューススタンドに長者が出たぞ。

電球頭に開襟の長者が出たぞ。

このスタンドで季節限定を頼む長者はその一瞬だけ利用客のヒーローだ。

「はい承知しましたー」

敢えて平坦を保った声で店員がゴールデンパイナップル用にセットしているらしいミキサーに材料を放り込む。ベースはやはりいつもの定番、バナナとみかんと喉ごし氷。そこにゴールデンパイナップルを贅沢《ぜいたく》にオン。一切れ、二切れ、いや三切れ。

出来上がりは定番よりも黄色が濃かった。

美味《うま》いに決まってる、こんな神の雫。周囲の客のさり気ない注目を集める中、電球頭は神の雫をゴッゴッゴッと行った。

途中休んで眉間を押さえたのはキンキンが来たらしい。あるある、あたしも今あった。

と、電球頭がふとこちらを見た。目が合う。

「あ、ども……」

帰りがけの説教があったのでちょっと気まずく会釈。電球頭も目礼した。

「すごいですね、それ」

特に値段が。

「いつもは私もそっちです」

というのは彼女が持った定番ミックスか。

「今日はちょっとむしゃくしゃすることがあったものですから」

あれ、これまだ日報のこと言われてるか？　しつこいな、と思いつつ。

「あ、日報すみませんでした」

一応謝ると、電球頭は恐縮したように首を振った。

「いえ、違います。電車の中でちょっと絡まれまして」

「あー、そりゃ災難……」

うっかりラフな相槌《あいづち》を打ったところで「でもまあ、」と続いた。

「もし正社員登用の枠が出たときね。同じくらい働く人が二人いたら、そういう細部の比べ合いになりますから。たかが日報、されど日報です。気をつけて損はしません」

……けっこういい奴だった、電球。

「気をつけます」

「はい、けっこう」

お互い残りのミックスジュースに口をつける。

「あと、休みもすみません」

お盆の繁忙期にがっつり夏休みを取ってしまった。むろんよさこいのためである。

電球頭はゴールデンパイナップルをすすりながら何の感慨もなさそうに言った。

「従業員の権利ですから」

だが、盆や正月の長い休みは家事の切り盛りがある主婦パート優先で決めているのが何となくの暗黙の了解だ。

「よさこいでしょう？」

同僚のおばちゃんたちには話したが、電球には別に言っていない。告げ口されたか？　お祭りなんて大丈夫なの、とチクリと言われたこともある。今年は祇園祭も淀川《よどがわ》の花火大会もあるじゃねーか、とは言わない程度の社会性。

「誰かに聞きました？」

「いえ、誰も？　私に従業員同士の会話を教えてくれる人なんかいません」

それはそれで寂しいこと言うなよ……！

「日程で何となく思っただけです。私も出身は高知なんですよ」

知らんかった……！　電球のプライベートに何の興味もなかったので。

「私は今で言う陰キャというやつだったので、参加したことは一度もないんですが」

でしょうね、とこれは素直な感想。

「でも、よさこいに思い入れを持っている人がたくさんいるのは知っています。やると決まったんなら無事に開催されるといいなぁ、くらいは思います。よさこい関係の業者も倒れるギリギリだという話は親戚から聞いていますし」

「でも、感染とか大丈夫なのかって言われちゃって」

「もちろん、気をつけるべくは気をつけていただいて。でもまあ、最後は運を天に任すしかないところはあると思いますよ」

意外と達観だ。

「うちの娘が今日の昼間に友だちと祇園祭に行ったんですよ。娘の中学は修学旅行がなくなってしまいましてね。修学旅行に行けなかった代わりに友だち同士で浴衣を着て祇園祭に行くことになったんだそうです」

「止めなかったんですね」

うーん、と電球は首を傾げた。

「感染はもちろん心配ですけどね。でも、どっちもリスクはあるので」

「どっちもですか？」

「感染のリスクと、思い出を作らせないリスクと、どっちが重いとは私は決められません」

私、優柔不断なので、と電球は全然カッコよくないことを言って笑った。

「思い出をたくさん我慢させてきた負い目もありますしね。まあだから、気をつけなさいと言い聞かせて行かせました。娘が感染したら私にも伝染《うつ》るでしょうし、そうしたら私も職場に迷惑をかけることになりますが、そこは相身互いで努力義務をするしかないでしょう」

職場でも感染者はぽつぽつ出ている。罹《かか》った人も別に気をつけていなかったわけではない。目に見えないウイルスと戦うのは分が悪い、ただそれだけだ。

「まあ、できるだけ罹らないように気をつけて行ってきてください。最後は運天です」

と、電球頭は天井を指差した。——運を天に任す。

努力しつつ運天。

「分かりました、気をつけます」

では、と電球はゴールデンパイナップルを飲み干し、その場にあったアルコールを手に擦ってマスクを着けて立ち去った。せかせかと歩いていく背中は一度も振り返らない。

その背中に何となく一礼。——努力しつつ運天。投げやりでも開き直りでもなく、それ以外にどうしようもない。

振りをいくら体に入れても、よさこいが始まる前に感染したら参加はできない。

定番ミックスジュースを飲み干して、マスクを着けてから空のカップをゴミ箱にシュートする。

電球を見習って飲食後に忘れがちなアルコールも。

よっちょれよ、よっちょれよ、よっちょれよっちょれよっちょれよ。

努力と運天、よっちょれよ。

何となく阪急梅田の改札でジューススタンドに寄ったのは、明らかにピンクの撫子の影響だ。

彼氏と乗り換えでミックスジュースを飲もうと話していたのが頭の隅に残っていた。

さすがにもういないだろうな、とスタンドの列を眺める。数人並んだ中には浴衣のカップルもいたが、撫子柄ではなかった。

撫子カップルは乗り換えに向かう途中までちらちら見えていたが、彼は改札に入る前に本屋に寄ったのではぐれた。はぐれたも何も最初から他人だが。

本屋で同級生の彼女とよく感想を話していたシリーズの新刊が出ていたので買った。

もしかしたら彼女もまだ読んでいるかな、とちょっと甘酸っぱい気持ちを抱いて、甘酸っぱいミックスジュースを買う。定番のほう。季節限定でゴールデンパイナップルと白桃があったが、値段が折り合わない。

口をつける前にふと思い立ってスマホで写真を撮った。


久しぶり。

本屋に寄った後、梅田でミックスジュース中！

あのシリーズの新刊出てたよ、まだ読んでる？


これくらいならさりげないだろうか。

するりと喉を滑り落ちていくミックスジュースの爽《さわ》やかさが弾みをつけたか、思ったより躊躇《ちゆうちよ》せず送信ボタンを押せた。

fin.

物語の「種」

ミックスジュースが好きです。通勤で使う阪急梅田駅の2F中央改札口の構内側の端、お持ち帰りすし屋の隣で、やや階段の陰の少し引っ込んだところにミックスジュースのスタンドがあります。いくつかの種類がありますが、昔ながらのミックスジュースは消費税込み1杯170円です。バナナ風味とほんのりミカンと絶妙な粒々の氷と。注文するとガラガラとミキサーを回してプラスチックのカップの縁ぎりぎりまで注いで渡してくれます。私はお酒が飲めないので、仕事帰りのこのささやかな一杯がたまのご褒美になります。家で作るのと違ってバナナが少し薄めだなとか、少し水っぽさがいい塩梅に170円なんだよなとか、170円というあまり心を痛ませない価格がたぶん関西なんだろうな、昔阪神デパートに行った時にはたまにスタンドに寄ってジュースをきょうだいで半分こしたなとか、そういえば前も同じようなことを思い出していたなとか、とりとめもないことを考えたり思い出したり。氷のせいで眉間がキーンとなりながらちびちびと立ち飲みをします。この帰りの時間帯は学生さんたちよりも仕事帰りの人が並んでいることが多く、大体ミックスジュースを買っていきます。時々季節限定のものや意識高い系（！）の野菜とか果物が入っているミックスジュース（価格が200円を超える）を頼んでいる人がいると、心なしか周囲がおお！となります。椅子はないので、飲みながら立ち去る人もたまにいますが、ほぼ皆カップ捨ての周りで立ち飲みです。だから1杯を飲みきるまでのほんの数分。仕事帰りの見知らぬ人同士が、同じ場で微妙に視線を合わせないようにしながら同じものを飲んで同じ一瞬を共有します。見知らぬみんなも頑張ってるな、よし明日も頑張ろうと思う、私のささやかな気持ちの回復ポイントとなるミックスジュースを飲むこの時間が好きです。

――投稿者 りこ さん（女・47歳）

著者からひとこと

一篇のエッセイのような種。景色の浮かぶ文章をたいへん楽しく読ませていただいた。私にも馴染《なじ》みがあるジューススタンドだったので同じ景色で共演のようなイメージで取り組んだ。書き出すに当たってせっかくだからと梅田に立ち寄った折ジューススタンドにも寄ったが、ちょうど十円値上げしたところだったので価格は百八十円改定で。よくもまあ今まで百七十円で、と思うし、たった十円の値上げで大丈夫か、とも思う。欲のないことだ。欲のないミックスジュースはささやかなご褒美としてなかなか絶品なので、梅田に立ち寄った際はぜひご賞味ください。

個人的には電球さんが書いていてとても楽しく、いろいろ思いを託した。努力しつつ運天。

恥ずかしくて見れない

大学を卒業し、中堅家電メーカーに入社して三年。それまでの二十五年間、彼は宝塚《たからづか》とは無縁の人生を歩んできた。

俄《にわか》にそれが人生に絡んできたのは、先輩の女性が宝塚のファンだからである。

三歳年上のその女性は、新型ドライヤー開発チームのリモート会議のある日、髪をまっ金々に染めてきた。比較的自由な社風とはいえ、今までに類を見ない激しい髪色だった。

開発チームのメンバーはかなりざわめいて彼女の登場を受け止めた。そんな中、彼女は金髪の理由を述べた。

自分は宝塚のファンである。

現在、宝塚では度重なる公演中止に苦しみながらも自分の好きなスターが主演を務めている。

そのスターの今回の役が金髪である。

タカラジェンヌのように激しく髪を染めている人が満足できる使用感を追求するため、新製品のモニターテストにはこの金髪で臨む。

そのような所信表明であった。ロックである。

そのロックな姿勢に度肝を抜かれた。

なお、平常時なら物議を醸しそうな金髪は切れ者と名高い研究所長の「ブラァボー!」という賞賛と拍手で承認された。

泣く子も黙る研究所長に認められた、先輩すげー。という金髪インプレッション。先輩の金髪はその後のリモート会議で徐々にぱさついていった。新製品の性能が急激に染めた金髪を癒やしきれていないらしい。

『まだダメ。全然ダメ。こんなのイコ様に使わせられない』

イコ様というのが先輩のご贔屓《ひいき》スターらしい。

『マイナスイオン足りてないよ！』

『無茶言うなよ、この価格帯で黒船と張り合えるわけないだろ』

設計の先輩が黒船と呼ぶのは吸引力が衰えないことでお馴染《なじ》みの海外メーカーが出した新型。

『国内の同価格帯と比べても今ひとつです！　精進が足りてません！』

金髪にしてから先輩はストロングになった。技術者とのやりとりも強気で押し通す。技術班は文句を言いながらも先輩の高い要求に応え、新製品は目標の諸元値をじりじりクリアしはじめた。

こんなにストロングな人じゃないと思ってたんだけどな、と後輩としては意外な一面発見だ。

金髪以前は正直それほど存在感があるほうではなかった。

流行病の感染状況に合わせてリモートを交えつつ出勤、出勤を交えつつリモートの日々が続く中、先輩の存在感は新製品の性能と共に増していく。

ちょっとピリッとするような場面もあった。

「イコ様イコ様うるさいよなぁ、全く」

「お前はイコ様の嫁かっての」

技術班が休憩ブースで愚痴っているところに先輩が行き合わせたのだ。

うわ一触即発？　先輩と同行していた彼はその場で一番ぺーぺーだったので、執り成そうにも僭越《せんえつ》でただ棒立ちになるだけだった。

　あっヤベとばつが悪そうになる技術班に向かって先輩は言った。

「嫁になれるもんならなりたいですけど、イコ様はみんなのイコ様なので抜け駆け厳禁なんです。残念無念です」

　くくくと袖《そで》で涙を拭《ぬぐ》う仕草まで付けて、技術勢は「あ、そう……」と毒気が抜かれた模様。

「でもイコ様の女の一人として自分の分野で貢献したいので、何とぞよろしくお願いします！　この金髪がサラサラのツヤツヤになる日まで！」

「イコ様が使ってくれるとは限らないだろ」

「ドライヤー買い換えるとき検討対象に入れてくれるかもしれないじゃないですか！　そのためには『家電だいすき！』で取り上げられるくらいの製品にならないと！」

『家電だいすき！』は家電好きのお笑い芸人やタレントがこれぞという家電をプレゼンする形式のバラエティー番組である。この番組で取り上げられた製品は一定のセールスが望める。

「『家電だいすき！』かよ、ハードル高いな」

「加湿器チームは入りましたよね」

　一年ほど前だが、会社初の快挙で開発チームには金一封が出た。

「煽《あお》りよるな、お前……」

「金一封が出たらわたしはチケット代に使うので当てにしてますね！」

「お前のチケット代のために仕事してねーわ！」

ぐいぐい行く先輩のパワーで気まずい鉢合わせは笑いにまぎれた。

「何か先輩、最近すごいっすね」

「えー、何がよ」

「さっきのとか華麗に受け流してて。俺、固まっちゃいましたよ」

「あんなの平気平気ー。わたしもガツガツ言うのにあの程度のぼやきで済ませてくれるなんて超やさしい。それにイコ様の嫁なんて、もうっ」

PCに向かってレポートをまとめながら、先輩はイヤンと体をくねらせた。

「わたしが嫁なんて、ねえっ？」

「照れるとこっすか、それ」

「僭越すぎてファンに怒られちゃうけど悪い気はしないよね～ぇ。わたしが言ったんじゃなくて人から言われたんだもん、仕方ないよね～ぇ」

技術の先輩方、何かイヤミになってなかったみたいっす。

「それにイコ様のおかげで実際に諸元が上がってるわけじゃん？」

「いや、先輩の駄目出しのおかげだと思いますけど」

「わたしはイコ様のご託宣をココロで聞いてるだけだから！　イコ様のおかげだから！」

先輩リスペクトは全く伝わらずに不発に終わった。

「だからチームのみんなも最後はイコ様に感謝するよ！　だから平気、偉大な王はなかなか理解されないものだからね！」

「いや、だからイコ様ちゃいますやん、先輩ですやん」

「あれっ、君、関西だっけ？」

うっかり地元のイントネーションが出ていた。

「あ、実家が兵庫で。たまに出ちゃうんです」

「えっ、兵庫のどこ⁉　宝塚⁉」

言うと思った。

「宝塚の隣ですね、伊丹《いたみ》っす」

「伊丹空港！　いいね！　実は早割だと新幹線より安いし宝塚大劇場までアクセスめっちゃいいよね！　わたしも遠征はめっきり飛行機！」

どこからでも宝塚に繋《つな》げよんな、この人。

「もうちょっと関西弁で喋《しゃべ》ればいいのに〜」

「うーん、こっちって関西弁ビミョーな人多いじゃないですか。ガラ悪いとか恐そうとか思われるし。だから仕事は何となく標準語になってて……まあ、関西弁で通す人は通しますけど、俺は仕事は無難に行きたいんで」

「え〜、関西弁いいのに〜」

女性は割とこう言う人も多い、お笑い芸人みたいでイイとか……

「タカラジェンヌも関西出身で関西弁の人多いしね！」

「あくまでそこかい」

「あっ、いいね、そういうのいいね！」

関西弁のタカラジェンヌがいるから関西弁がイイというご意見は初だ。

「もう退団してるんだけどね〜、カイ様……あ、きりしま海里《かいり》さんっていうスターさんがいてね、前にスカステの番組でミニドラマとか作る企画やってたんだけど。後輩の関西弁ジェンヌさんに関西弁萌《も》えるから喋らせたいってわざわざそういう台本書いてたんだよー。天才の発想！　カイ様がクローズアップしてくれなかったら関西弁で気障《きざ》る後輩ジェンヌさん見れなかったし」

「いや、それ、ジェンヌさんが言うからええんでしょ。ジェンヌさんやったら東北弁でも土佐弁でもええんでしょ」

「えー、でもやっぱ宝塚の本拠地は兵庫県じゃん？　やっぱ関西はルーツだよ。わたしも関西に生まれたかったなー。ムラのほうが席数多いからチケット取りやすいしさ」

「ムラって何ですか」

「あ、宝塚ファンは宝塚のことをムラって言うの」

「めっちゃディスってません？　イナカってことでしょ？　宝塚そこまでイナカちゃいますよ、山のほうは確かに村やけど」

「ディスってないよ、愛称だもん」

愛称で村呼ばわり、宝塚ファン理解不能。

「地元にいたころ宝塚って観なかったの？」

「いや、俺はないっすね。中学とか高校の課外授業で宝塚観るコースあるとこもあるみたいですけど」

「えっ、何それ！　そんな素晴らしい教育を兵庫の人は施されてるの⁉」

「全部ちゃいますよ。そういう学校もあるって話ですよ」

「ええ～、いいなあ！　わたしも兵庫県に生まれたかった～！」

「そういう方向で羨ましがられたことないですけどね」

「わたし、兵庫県の人に嫁いだら子供はワンチャンそういう素晴らしい教育を得られる？」

たとえば、と先輩は彼をピッと指差した。

「君とかさ」

ドキッとしてしまうのは男の悲しい性《さが》。

「まーわたしイコ様の女だからあり得ないけど～ォ」

クソ。そう来ると思ってた、分かってた！　けどちょっとときめいた、クソ！　ちょうど先輩すげえなとか思っちゃってた時期だから！

「俺だって兵庫にUターンの予定ないですし！　あんま男心を翻弄《ほんろう》するの良くないですよ！」

「ごめーん、ときめいちゃった？」

「イコ様の女タチ悪ィな……！」

先輩は金髪にしてから本当に人が変わった。自由にも程がある。

「宝塚ファンってあのとき突然カミングアウトしましたよね、何だったんですか？」

「うーん、ある人の薫陶っていうか……宝塚ファンの先輩の影響、かなー」

自由すぎる先輩の表情に照れるような色が差した。

「同じスターさん好きなんだけど、わたしよりずっと性根が入ってたんだよね。その人が自分の仕事がイコ様に繋がるかもしれないってめっちゃ前向きに働いてて、めっちゃ有能でさ。カッコよかったのよね。わたしなんか観劇を楽しみにルーチンで仕事こなしてるだけだったから」

「だからイコ様のドライヤー？」

「同じ仕事するんならそっちのほうがモチベーション上がるじゃん？　それにイコ様もわたしとその人と並べて見ることがあったら、絶対その人のほうがカッコよく見えると思うのよ。だからわたしも……」

ハッとしたように先輩は彼の肩をバシバシ叩いた。

「分かってるよ⁉　妄想だよ⁉　でももしも！　if！　万が一！　もしかしてあの人とわたしがイコ様の前に立つようなことがあったら、恥ずかしくないわたしでいたいのよね。イコ様にもあの人にも」

それはモチベーションの軸足はどっち寄りだ？

「その人のこと好きなんですか？」

つるっと口からそんな質問が滑り出た。何となくそんな気配。

「やっだ、ないない！　あの人は師匠というか先達というか、……いやいやないない。年だって干支《えと》二回りくらい違うしね！　生き様カッコいいけどそーいうんじゃないって！」

何やらめっちゃ照れ隠しのように見えるんですが。でも干支二回り上っていうのは確かに恋愛対象としてはないか。

「多分あの人みたいになりたいのよ。尊敬してる」

それはそれですごい愛の言葉のような気がするが。

「一生ヅカ友でいたい人、かな」

下手な色恋より強い絆《きずな》を思わせる。

「まあ、向こうはどうか分かんないけどね！」

あははと照れる先輩が、――何だかちょっと面白くない。

「……何かちょっと興味湧いてきましたわ、宝塚」

同じ土俵に上がれば俺だってなぁ。干支二回り上に謎の対抗心で口走ったのが運の尽きである。

「マジで⁉」

ダボハゼかという勢いで先輩は食いついた。後になって痛感した、あれはヅカオタを前にして口走るには最も不適切な台詞《せりふ》だった。逃がすわけがない。

「マジ？　行く？　観る？　なに観たい？　どの組がいい？　わたしは星組オタだけど一応全組観劇派だからどれでも案内できるよ」

「あっ、いやちょっと口が滑ったというか勢い余ったというか……将来的に！　そのうちという意味で……」

「やだごめん、わたし圧強すぎて引いちゃった？」

「そうじゃないんですが、男が宝塚って浮かないかなっていうのもあるし……」

「今は男性ファンも増えてるし全然浮かないよ！　そもそもミスターだって男だし！」

「ミスターって誰やねん！」

「あっ、ごめん今話したヅカ友師匠。生まれる前から星組ファンだからMr．星組っていうか、敬称？　そんで呼ぶときはミスターって」

「生まれる前からファン⁉　どゆこと⁉」

「ごめんごめん、これは宝塚用語でファン歴がお母さんやおばあちゃんの代まで遡《さかのぼ》れるファンが名乗る慣用句的なもので、類語として前世からファンとかも」

「息するように謎の宝塚ミーム入れてくるのやめてもらえます⁉」

ともあれその流れで、まずはＤＶＤからという流れになった。

いろいろリサーチされていくつか貸与されたが、ヒットしたのは原作物の中華ファンタジーである。『雷鳴弾丸行―サンダラー・ブリッツ・サーガ』、主人公が狂言回し的な役どころの怪盗で、伝説の剣を盗み出すために剣客たちを丸め込んだり押したり引いたり煙《けむ》に巻いたりで企《たくら》みに協力させるストーリーだ。

元は精緻《せいち》な作りの人形劇の連作ドラマで、彼は人形劇のほうをずっと観ていたので原作ファンという立場である。

その原作ファンからすると、まず笑っちゃうくらい再現度が高かった。ルックス、衣装、芝居など、あのキャラクターが実写化したらこうなるしかないという感じであった。これが宝塚か！というインパクトは充分。主人公の怪盗の曲者《くせもの》ぶりや高笑いなど「まんまやがな！」と膝《ひざ》を打つレベル。

この主人公が狂言回しなので、物語を走らせるほうの主役格として剣客のキャラクターがいるのだが、ここも原作そのままのカッコよさ。槍《やり》使いの青年も爽《さわ》やかでそのままだし、悪役に命を狙われるヒロインも原作そのままの可憐《かれん》さで、悪役の完成度も……とにかく感想が「そのまま」に終始するハイレベルな舞台化であった。

元の人形劇は表情が固定されているし、動きも制限があるが、あのキャラクターたちが肉体を得て自由に動き出すとしたらこんな表情、こんな仕草をするだろうなという連続で嬉しくなる。

「どうよ」

DVDを返すとき、先輩は誇るように訊《き》いてきた。面白かった以外の感想は許さない、そんな圧もビリビリと感じつつ。

「いや……これはどうしてなかなかですね。すごい完成度でした」

「でしょう⁉」

「ロミオとジュリエットは感情移入しにくかったんですけど、」

ロミオとジュリエットも貸してもらった中にあった。

「やっぱアクション物はいいっすね。スカッとします。殺陣《たて》とか女の人と思えないくらいカッコいいし、満足度高いです」

「ロミジュリ刺さらなかったかー！」

「うーん、何か家の確執と悲恋だから暗くなっちゃって。最後死ぬって有名だし。サンダラーは話も知ってるしテンポ良くて楽しいです」

「やっぱ男子はアクション物が好きかー」

「ただ、二幕目は関係ないショーになっちゃうんですね。原作あるしもっと長い話にしてもいいんじゃないかと思ったんですけど」

「原作ファンは一本物で観たくなるかぁ、やっぱ」

「そうですね、もっとキャラクターの活躍見たかったです」

「でもショーは生で観たら良さが分かるから！　華やかでアガるよー！　興味あったら声かけてよ、チケット取るから」

——などと話したのが夏期休暇前。


夏場は感染状況が少し落ち着きを見せ、伊丹の実家に帰省することができた。

上げ膳据え膳でゴロゴロできるのが実家のいいところだが、母親が少々うるさい。

「ねえちょっと、東京でいい人とかおらへんの」

最近はいとこの結婚が相次いだので、母の興味もそこに一点集中である。

「おったら夏休みに実家なんか帰ってくるかいな」

「でも気になる人くらい……」

「うるさいうるさい」

「おるな！　その口振りは誰かおるな！」

「ウザいからうるさい言うただけやろ！」

とはいえ、ちょっと先輩のことが脳裡《のうり》をよぎる。観劇デビューしたいと言えば食いつくことは分かっているのだが、あまりにも宝塚の布教相手としてしか興味を持たれていないのが悔しい。

まあ宝塚はけっこう面白かったんだけど。サンダラーは面白かったし、ロミジュリも曲は全部カッコよくてふと気がつくと口ずさんでいるので、もう一度観たら感想が変わるかもしれない。

干支二回り上ってどんな奴かなー、イケオジだったらけっこう先輩行っちゃうのでは。夏休み中に干支二回り上とは会ったりするのかなー。ヅカ友って言ってたから観劇くらいするかも。

思考がくよくよモードに入ったとき、携帯が鳴った。ちらりと着信表示を確認して二度見。噂をすれば影が差す、君を思うと影差した。先輩だ。

慌てて出る。

「もしもしもしもし？」

動揺してもしもし×2。

「どうしたんですか？」

受け答えながら起き上がり、そそくさと居間を出ようとすると、母親が「いや！　もしかして気になる人ちゃうん⁉」と茶々を入れた。その勘の良さノーサンキュー、慌てて自分の部屋へと逃げる。

「ごめん、君しか頼れなくて」

ドキンと胸が高鳴った。俺しか頼れない？　何それちょっと、突然に脈が降ってきた？

「お、俺にできることなら……」

「今すぐ宝塚大劇場まで来てくれる？」

結局それかーい！　裏切らない安定の肩すかし感ありがとうございます！

「今日、友だちの布教で観劇の予定だったんだけど、友だち急に熱出して来れなくて。仕方ないから取り敢えずわたし一人で飛行機乗って空港着いたんだけど、代わりに行く人見つからなくて。そんで君が伊丹に帰省するって言ってたの思い出したの。このままじゃ客席に空席ができちゃう、タカラジェンヌに赤い座席を見せたくないからお願い助けて！　十一時開演なの！」

何て清々《すがすが》しい自己都合、タカラジェンヌ忖度《そんたく》。ていうか俺以外にも粛々と布教してたんですね、倦《う》まずたゆまぬ宝塚愛。

まあここは恩を売っておいても損にはならない、どうせ暇を持て余していた。

「分かりました、自転車飛ばせば三十分くらいで着くんで。劇場の前ですか？」

「ありがとう、待ってるー！」

こざっぱりした服を見繕い、身支度を調えて家を飛び出す。母親の尋問は振り切った。

結果的に、空港から電車を乗り継いで宝塚へ向かう先輩よりも早く大劇場前に着いた。

演目のポスターを見ると、彼が子供の頃に読んでいた少年漫画の舞台化だった。新宿《しんじゅく》を舞台にちょっとエッチな凄腕《すごうで》スナイパーが活躍する『ガンスリンガー・シティ』。宝塚ってこんなのもやるんだ、と意外だった。下ネタお色気ハニートラップどんと来いの漫画だったはずだが。

彼に遅れること十分ほどで先輩も現れた。鮮やかなグリーンのフレアスカートが染めた金髪によく似合っている。

「うわーんありがとう～！」

ほっとしたあまりか先輩は彼を見つけるなり飛びついてきた。近さに彼のほうはどぎまぎするが先輩のほうはノーどぎまぎ、分かってますともガッカリしない。

「そのスカート似合いますね。緑」

「今日は雪組だからね」

雪組だから緑という法則が分からず、首を傾げながら建物に入る。屋内は年若いレディーからお年を召したレディーまで淑女が圧倒的だが、ぽつぽつジェントルや青年の姿も。

「雪組だと緑なんですか」

「組カラーっていうのがあるのよ。花がピンクで月が黄色、雪が緑、星が青で宙《そら》が紫」

「流れるように出ますね」

「基礎教養だから。そんで観劇のときは各組のカラーを取り入れてコーデしたりするのよ。これ組カラーコーデね。わたしは星が一番だけどゆるく全組観劇派だから、一応全カラーのアイテムは何かしら持ってる」

「ドレスコード的な……？」

どうしよう、こざっぱりは心がけたが緑はどこにも入っていない。

「そんな大仰なもんじゃないけど、組カラーコーデしてたら気分上がるからさー。どの組にも誰かしらお気に入りのスターさんいるし」

説明しながら先輩は「あっ」と真顔で彼を見上げた。

「浮気じゃないからね！　イコ様が一番だけど愛《め》でるものが多いと人生が豊かになるじゃん？」

宝塚的浮気の定義が分からぬ。のでスルー。

「今日も誰かいるんですか？」

「いるよぉ〜。主人公のライバル役の二番手さん。これがもーう顔がいい！　彫りが深くて目が絵に描いたようなアーモンドアイでキラキラで西洋人みたい！　本当〜に顔がいい！」

顔がいいと二度言った。どれほどのものか期待しておこう。

「あ、お土産買う？　宝塚パッケージのお菓子とかあるよ」

「いや、地元っちゃ地元なんで別にいいです」

それより、と訊いてみる。

「ガンスリンガーみたいなのやるんですね。けっこうな下ネタありますけど」

「ああ、ボッキボキね」

主人公が巨根の性豪という設定で、美女に反応してはところかまわずおっ立てまくるギャグが炸裂《さくれつ》する。その際、股間《こかん》がボッキボキとそのまますぎるダジャレを繰り出すのだ。

アニメ化した際も美声の声優のボッキボキにゲラゲラ笑ったものだが、タカラジェンヌにそれを言わすのかとそわそわしてしまう。

「スミレコード入ると思うけど、そこそこはっちゃけておやりになると思うよ」

また知らないワードが出た。

「スミレコードとは……」

「宝塚のイメージフラワーがすみれなの。すみれの花咲く頃っていう宝塚の歌もあるくらいで。そんなで、清く正しく美しくのタカラジェンヌのイメージに抵触する話題や言葉をスミレコードと呼んでふわっとごまかす」

美しいタカラジェンヌがボッキボキと連呼する展開は回避されるようだ。

「宝塚、けっこう果敢にいろいろやるのよー」

「確かにガンスリンガーやるとは思いませんでした」

「でも原作面白いし、シリアスな部分はカッコいいしね。ほんとは君のこと誘えたらよかったんだけど、布教したころにはもうチケット完売してたから……だからアクシデントではあるけど、今日来てもらえてよかったよ」

先輩にニコッと微笑まれ、胸のキュンがやや反応。

「誘ってくれるつもりだったんですか」

「アクション物好きって言ってたじゃん。初めての観劇は好きなジャンルのほうがいいから」

「嬉しいです」

「うん、アクシデントではあるけど喜んでもらえてよかった」

意図は微妙に伝わっていない。誘ってくれるつもりだったことが嬉しいです、まで言わないと伝わらないタイプか。

建物の突き当たりが劇場のもぎりになっており、列は十本ほどもあった。

「すごい規模ですね、映画館でもこんなに列ないですよ」

「たぶん日本でも宝塚大劇場だけだよ、何せ二五五〇席だからね」

先輩は我がことを誇るかのようだ。

「日比谷《ひびや》の東京宝塚劇場よりも五〇〇くらい多い」

「まー、地方都市だし東京より地価安いですからね」

「あーそっか！　東京のほうが人口多いんだしもっと大きくしてくれたらいいのにって思ってたけど、地価か！」

「日比谷なんか超絶一等地じゃないですか。あそこで規模を25％増しにしようと思ったら費用がだいぶ変わりますよ」

「ビジネスの視点で見たことなかった～」

席は真ん中を横切る通路を背にする位置で、やや上手寄りのセンターブロックだった。

「はい、これオペラグラス」

当たり前のように渡された。

「いや、悪いですよ。俺、裸眼で見えますし」

返そうとしたら「自分の分もあるから」と先輩はもうひとつオペラグラスを取り出した。

「……普通、なかなか個人で二つ持ってないアイテムですよね」

「えー、ヅカオタけっこう人に貸す用持ってるよ。今日も元々友達に布教だったから」

「じゃあお言葉に甘えてお借りします」

「使い方分かるよね。ピント合わせて紐は首にかけといて。始まってからゴソゴソ出したら周りに迷惑だから」

確かにケースのマジックテープを剝《は》がす音はかなり響く。

「要らないときは膝に載せといて見たいときにサッと上げる。拍手と見たいタイミング被《かぶ》ったら、拍手は他の観客に委《ゆだ》ねて大丈夫。その代わり、自分がオペラ使わないときは誠意を持って拍手」

「え、拍手のタイミング分かれへんねんけど」

先輩は「本場で関西弁～♪」と指をダブルバキュンにした。イイね！　ということらしい。

「周りの人がしてるときに合わせてたらいいから。あと、どんなに小声でも上演中に喋らない＆携帯は電源から切る。携帯はマナーモードでもめっちゃ響くからね」

業務連絡を立て続けに叩き込まれている最中に緞帳《どんちょう》が上がり、空っぽのセットが開陳される。

高層ビルを背景にしたビジネス街に『ガンスリンガー・シティ』のロゴが下がっている。

先輩は自分の携帯でセットの写真をパシャパシャ撮りはじめた。

「写真いいんですか？」

「始まる前のセットはオッケーなの。記念になるしね」

それなら、と彼も電源を切る前に一枚パシャリ。

場内の明かりがスッと落ち、アナウンスがかかった。

『皆様、本日はようこそ宝塚大劇場にお越しくださいました……』

場内注意を呼びかけるアナウンスと違い、ハンサム声だ。

『雪組の雪風絢音《ゆきかぜあやね》です』

名乗りで場内に万雷の拍手が鳴った。雪組の雪風、狙って付けたかのような芸名だが、名前を考えたときは雪組に入る心づもりだったのか、それとも単なる偶然か。

冒頭は主人公が新宿の街を歩くシーンから。

トップスターのファーストインプレッションは、——足ながっ！

二メートルくらいあるんじゃないかという長い足に加えて小顔なので異次元の超絶スタイルになっている。男役とは男を真似する役者だと思っていたが、現実にあんなシュッとした男がいてたまるか。芸能人に絞ったってそうそういない。

それにしたって背が高い、オペラで見ると靴はそれなりに踵《かかと》が高いようだが、それを差し引きしても彼と同じくらいの背丈はありそうだ。しかし足は向こうのほうが明らかに長い——という現実に向き合うのは辛《つら》いので許してくださいお願いします。

やがて登場した先輩の推しの二番手は、——なるほど。

顔が良い。とんでもなく顔が良い。

顔が良いと二回繰り返した先輩の気持ちが分かった。特徴：顔が良い。というくらい顔が良い。ぱっちりしたアーモンドアイは、瞳の中に星がバチバチに飛んでいる。飛びすぎて目から星がこぼれてきそうだ。演じるキャラクターの「僕カッコイイからさぁ」という決まり文句にもはやデスヨネ～と頷《うなず》くしかない。顔の良さが一周回ってイヤミじゃない。

目元が鋭く精悍《せいかん》なトップスターに対して、二番手は目が大きい分やや童顔。そしてトップより少し小柄、「お好きなタイプをご自由にどうぞ」という感じでマーケティングに隙がない。

原作の人気キャラクターには坊主頭のマッチョがいるが、これはどうやってタカラジェンヌが演じるのかと思っていたところ、見事な造型で登場した。坊主はさすがにバンダナでごまかしていたが、マッチョなボディは中に肉襦袢《じゅばん》を着込んでいるとしても動きが筋肉ダルマそのものだ。ジムなどに行くとよくいる筋肉をつけすぎて脇が閉じなくなっている系マッチョ。

主人公の下ネタ行動に極真空手で鉄槌《てっつい》を下すヒロインも空手の型を見事に決めており、まさか元から空手を習っていたわけではないだろうから短期間での鍛錬の程が窺《うかが》える。

星組の『雷鳴弾丸行』でも思ったが、キャラクターの再現度が神の領域だ。

スミレコードに抵触する「股間がボッキボキ」も上手に回避されていた。

「俺の局部がバッキバキに反応している！」

上手《うま》い！　鋭い眼差《まなざ》し涼しいお顔で繰り出すのでむしろ切れ味が増している。

中東の王国から亡命してきた姫君が敵対派に命を狙われる物語で、主人公がボディーガードを依頼され、喧嘩《けんか》友達のマッチョは巻き込まれて助《すけ》っ人《と》、何かと情報提供してくる美形のライバルは何やら怪しい動きを見せるが果たして？　というサスペンスがコメディ風味で展開する。

逃避行の中、姫君は主人公に思いを寄せ、主人公の相棒であるヒロインには美形のライバルがちょっかいを出し、恋愛模様も三角四角。

ついに怪しい動きを見せていた美形のライバルが主人公と激突？　と思いきや！　果たして！　実は！　というどんでん返しが二転三転、真の黒幕を倒して大団円。

姫君は命を救ってくれた主人公に愛を告白するが、主人公は「俺みたいな裏社会の人間は君に似合わない」と去る。姫君にやきもきしていたヒロインはほっとしつつも本当にそれでよかったのかと主人公に尋ねる。行っていいのかと返されて口籠《くちご》もったヒロインを抱き寄せキスシーン。

美形のライバルは「あーあ、振られちゃったね」と肩をすくめて立ち去り、マッチョは助っ人代の請求書を切り、主人公とヒロインがアニメ版の主題歌を歌い上げて幕が下りた。

観客は拍手喝采《かっさい》、彼も夢中で拍手をしていた。

「めっちゃ顔いいですね、先輩のご贔屓」

「でしょう？　――でも贔屓じゃないから。贔屓はイコ様だから」

「だってご贔屓じゃないんですか？」

「宝塚において贔屓って言葉は特別なの。わたし的にはＬｏｖｅｒとほぼほぼ同義だから。心の恋人なの、イコ様は」

「じゃ、この二番手の人は何なんです？」

「推し？　アイドル的な意味で？」

「難しいですね、宝塚用語」

「いや、まあ、わたしの中ではそういう分類ってことだけどね。さ、トイレ行こうか」

ロビーに出ると女子トイレには長蛇の列が出来ていた。係員が行列整理をするレベルで、一体何百人が並んでいるのか。考えてみれば二五五〇席を収容する劇場で、観客は女性が圧倒的なのだから当然だ。

「え、これ休憩中に行けますか？　大丈夫ですか？」

「個室何十個もあるから。男子トイレはあっちね、終わったら先に席に戻っといて」

とはいえ休憩は三十五分しかないのに大丈夫か。大蛇のごとき列を横目に先に席に戻ったが、本当に先輩は十分そこそこで戻ってきた。

「マジか〜。宝塚のトイレ半端ないわ〜」

「すごかろう」

宝塚関連を我がことのように誇るのは仕様だ。

「パンフ見る？」

「パンフまで買ってこの時間で戻ってこれるんですか」

「すごかろう」

見せてもらってまず先輩の推しを名前チェック。安曇旬《あずみしゅん》。

「しかし顔がいいですね、この安曇旬さんは」

「アズーロの美貌《びぼう》は世界遺産級」

「イタリーな渾名《あだな》ですね」

「西洋人みたいに彫りが深くて、好きな色が青だからイタリア語で青なんだって」

ひとひねり入りつつ、名前の面影も残っているので分かりやすい。

「アズーロが気に入った？」

「気に入ったというか何というか」

あなたの推しだからチェックしてました。共通の話題を作るのは兵法の基本。

「まあ分かる、オペラ泥棒だからね」

「それも宝塚用語ですか」

「宝塚だけとは限らないけどね。他の人を見るつもりで上げたオペラを持ってかれちゃうことを意味します。浮気オペラとも言うね。でもあの顔が目に入ったら見ちゃうよね～ぇ」

休憩時間が終わりに近づき、また緞帳が上がった。二幕目はショーだ。セットは様変わりしている。

またセットを写真に収めて、オペラグラスを用意して開演を待つ。

始まったショーは華やかな鳥をイメージしたような真っ赤な衣装の男役が十人ほどスタンバイしたフォーメーションから。

真ん中に立っているのがアズーロだ。スパンコールやビジューや羽根を飾り立てた衣装よりも、目のほうがバチバチ星を放っている。芝居とは打って変わって派手な化粧はいわゆる宝塚メイクだ。このメイクだとただでさえくっきりした顔立ちがなおさらくっきりして異次元の超絶美貌。

声量のあるぶれない歌声、キレのいいダンス、確かにこれは見もの。ショーは生で観ると良さが分かると先輩が言っていたが、このパワーは映像では伝わりきらない。サンダラーのショーも生で観たら違ったのだろう。

舞台上にメンバーが増え、盛り上がってきたところで舞台奥の壇上からトップスター雪風絢音が登場。赤い衣装のタカラジェンヌたちに対して黒と金銀の一際輝く衣装、分かりやすく目立つしオーラがすごい。

わっと拍手が湧いたので、彼も慌てて倣《なら》う。

気合いを入れるような声を放ってバチンと音がしそうなウィンク。すげー、あんなの食らったらファンたまらんやろなとオペラで観察。

舞台袖からお揃いの衣装をまとったトップ娘役あけぼの季理《きり》が出てきて、壇上から降りてきた雪風絢音と合流。赤い鳥たちが囲む中を二人で組んで踊りはじめる。何ともゴージャス。

二人が踊りながらオーケストラボックスの前に渡してある銀橋を渡る。銀橋に入るときも拍手、ここも拍手ポイントらしい。

トップコンビが銀橋を渡り終えると、次々に他の男役スター達が渡りはじめる。ここを一人で渡らせてもらえるのはいわゆる番手が上だったり、有力な若手なのだろう。

脇が閉じないマッチョを演じた男役も渡った。うわ、全然すらっとしててシュッとしてるやん。マッチョのハマリ具合があまりにも素晴らしかったので原作ファンとしてはちょっと寂しくなる。美女と野獣で野獣の魔法が解けて王子に戻ってしまった的な。野獣のほうが好き派もいるはず。

そしてアズーロの番である。後で先輩と感想を話さねばならないので、ここはしっかり見なくては。後でちょっと気の利いた誉め言葉でも言えたら最高だ。

そんなよこしまなことを考えていたのでバチが当たったのだろうか。

オペラの中で、アズーロと目が合った。そして、
くっきりぱっちりのアーモンドアイがバチンと閉じた。——ウィンク、ですと⁉

はうっと喉《のど》の奥で息が動き、背中は仰《の》け反って動かぬ背もたれを空しく押した。

なに！！！　これ！！！

こんなの初めて！！！

メーデー！　メーデー！　世界遺産級の美貌のウィンクを被弾した！　命の危険が危ないので一刻も早く衛生兵を！


被弾。正に被弾というほかない殺傷能力のウィンクが胸にズギュンと刺さってえぐった。

なにこれ。どゆこと。男なのに俺は男役にときめいている⁉

俺は隣に座ってる先輩にちょっと片思いが始まってたのに、先輩にこんなにズギュンとなったことはありません！　せいぜいキュンがいいところでズギュン&グルグル弾が回るなんて人生初体験、もしこれが本物の胸のときめきだとしたらつまり俺の先輩への気持ちはニセモノ……⁉

えーでもアズーロを女の子としては見てないんですけど！　ちゃんと男役として見てたんですけど、フツーにイケメンだしすげーなぁって！

男役だけど本当は女、これは浮気になりますか⁉　ていうか俺の今のステータスって自認は男ですか女ですか⁉　男としてときめいたのかもしかして存在していた内なる女がときめいたのか、それによっても話は混迷を極めますが！

ていうかせっかくキレイで華やかな娘役さんがたくさん出てるのに、俺は何でよりにもよってこんなめんどくさい被弾を⁉

娘役にときめいたのなら話は簡単、好きな女の子がいても女優やアイドルに心躍るのは別腹だ。しかしこれはアズーロを男と見てときめいたのか女と見てときめいたのか、更に自分が男としてときめいているのか女としてときめいているのか、話が何回転かねじれてしまう。

盛大に混乱しながら、しかしオペラはついついアズーロを追ってしまう。こっち向いて、いや向かないで。本能に身を任すと正直なところ、——あのウィンクを浴びたい！

が、アズーロがこちらのほうを向くと背中が仰け反る。新しい性癖を開いてしまいそうな予感に慄《おのの》いて顔が強《こわ》ばる。——くっ、

顔が良い！　恥ずかしい！　見れない！

見たいけど見るのが恐い！

ちらりと横の先輩を窺うと、オペラを上げたり下げたり拍手をしたり、満面の笑顔。

かわいいな、とはもちろん思うが、アズーロのようなズギュンは来ない。

やっぱり俺の気持ちはニセモノ？　不実な男？　でも気持ちが冷めた感じはしない。

ぐるぐる悩む彼をよそにゴージャスなショーは体感五分の疾走感でフィナーレにたどり着いた。

そしてスターたちが階段を下りはじめる。

二番手のアズーロが羽根を背負って下りてくる。

葛藤《かっとう》にねじれ果てた結果として率直に「カッコいい！」という気持ちに身を任せた。すなわち手が痛くなるほど拍手。

幕が下りてから先輩がはしゃいだ様子で声をかけてきた。

「アズーロときめくよね〜」

「はい……」

気の利いた誉め言葉でもと画策していたのに、疲弊して何も出てこない。

感染防止対策の規制退場を待ちながら、オペラグラスを片づけて返す。オペラのおかげで被弾が明確に分かってしまったという意味では借りないほうが混乱はなかったかもしれない。さすがに裸眼で目が合ったまでは分からないので。

「キャトル寄る？」

「何ですか、キャトルって」

「キャトルレーヴっていう売店。スターさんのグッズとかブロマイドとかいろいろ売ってるよ」

あなたと一緒にキャトルレーヴに行ってアズーロのブロマイドを買うのは浮気になりますか、なりませんか。まあ、恋心の土台が揺らぐような被弾に身を任せてしまった今となってはこんな気持ちは恋とも呼べないのかもしれませんが。

二階の両側からゆるやかなラインを描く階段を下りながら、先輩があっと声を上げた。

「ミスター！」

ミスター？　ミスターってあれか、干支二回り上か！

俄に敵愾《てきがい》心が刺激されて先輩が手を振るほうを見ると、向かいの階段を下りながら手を挙げて応える男性の姿が。

その男性には見覚えがあったが、記憶の特定にやや時間がかかったのは相手が私服だったからかもしれない。

「――所長⁉」

泣く子も黙る敏腕切れ者、新型ドライヤー開発チームが慄いてやまない研究所長だ。

会社では常にネイビーのスーツを基調にしたブルーのコーディネイトで、Ｍｒ．ブルーと密かに渾名されている。トレードマークのスターサファイアをあしらったネクタイピンは時価三百万ともっぱらの噂。

私服もブルーの小じゃれたワントーンコーデ。

「ミスターって所長だったんですか⁉」

「そうなの、実は」

人の流れを避けて隅に行き、先輩とミスターは軽く立ち話のモードに入った。

「ミスもいらしてましたか」

「はい、今日は後輩に布教で」

「そうですか、それはそれは」

ミスターが彼に向かって会釈。

「ようこそ、宝塚の世界へ。歓迎します」

あんた宝塚の何なんだ、と突っ込みたい気持ちは取り敢えず呑《の》み込む。先輩で慣れている。

「あ、あのワタクシ……」

名乗ろうとすると手で押しとどめられた。

「自分が管理する開発チームのメンバーは全員頭に入っています」

研究所長の管理するチームは家電部門のほぼ全般、つまりはほとんど全社員の顔を覚えていることになる。切れ者のバケモノと言われているが、割と当たっている。

「あの、ミスっていうのは」

先輩ともなくミスターともなく尋ねると、回答はミスターから。

「彼女が私にMr.星組というニックネームをつけてくれましたので、こちらからもレスポンスでMiss星組と」

「Miss星組なんて僭越だけどね～。まあ自分で名乗ったわけじゃないからいいかって」

何なんだ、この人たちゃー。

「今日もスターサファイアですね」

「ええ」

と、ミスターはシャツの襟を少し触って見せた。きらりと輝くのはスターサファイアのラペルピン。

「え、待ってラペルも⁉」

「観劇にネクタイスタイルは堅苦しいですからね。私服はもっぱらこちらです」

そうではなくて、

「タイピン、三百万って聞いてますけど⁉　三百万がもう一個⁉」

ミスターと先輩は顔を見合わせて笑った。

「三百万と流布しているようですが、桁《けた》が一つ下です。二つ合わせても三桁には乗りません」

とはいえ数十万単位なので、そんな大したことないみたいに言われても。

「星組ファンとしてのごく個人的なアイコンです」

先輩の組カラーコーデのようなものか。

「え、でも今日は雪組ですよね」

「だからです。他組も見守っていますが、心は常に星組にあるという証《あかし》として他組観劇のときにこそ欠かせません」

切れ者所長、だいぶ変な人だった。先輩とテンションは違うが同じベクトルでおかしい。

割れ鍋綴《と》じ蓋《ぶた》ってこういうこと？　年離れてるけどけっこういいカップル感出てない？　と恋の認知が揺らいだ分際でやきもきする。

「あなたは雪組ファンになりそうですか？」

「彼はアズーロが気に入ったみたいですよ」

「そうですか。華のあるスターですからね。顔面が強いし歌もダンスも芝居もハイレベルなので、新規客にとっつきがいい人材ですよ」

顔面が強いって何それ。言わんとするところは分かるけど。

「何か聞きたいことがあったらいつでもどうぞ。星組担当ですが、全組一定以上のデータベースは持っています。ここ十年くらいのことでしたら」

ほんとに何なのこの人。とは思いつつも、聞きたいことは今まさにあるので口の鍵が開いた。

「あのぅ、男役にときめいたりすることありますか？」

「アズーロにときめいちゃったんだよね」

先輩うるさい、無視。

「男役に男がときめくのってどう解釈すれば……？　男にときめいてんのか女にときめいてんのか訳が分からなくなっちゃって」

「なるほどなるほど。自認の揺らぎですね、初心者にはあり得ることです」

ミスターはそう言って先輩のほうを見た。

「真面目ですね、彼は」

「ええ。仕事でも隙がなくて信頼感があります」

「覚えておきましょう」

何故か宝塚大劇場のロビーで彼の人事考査が始まった。やめて、こんな混乱してるときに査定しないで。

「その現象は一言で説明がつきます。あなたは男にときめいているのでも女にときめいているのでもない、フェアリーにときめいているのです」

フェアリー……とは。

「タカラジェンヌは性別とか年齢とかを超越した妖精みたいな存在ってこと」

はい素早い注釈ありがとうございます先輩。

「でも、好きな人がいるのに好きな人には男役のウィンクほどときめいたことないんです。これはどうしてでしょう？」

「ほう、アズーロのウィンクに被弾しましたか。それは自認の混乱が生じるのも無理もない」

「好きな人がいると思ってたんですけど、それって錯覚だったってことですかね。それとも浮気が本気になった的なアレで俺は心変わりしたんでしょうか」

「気持ちがなくなりましたか？」

釣られて先輩のほうを見そうになり、慌てて踏みとどまる。

「いや、今までとそんなに変わった感じはないんですが、でも人生最大級にときめいてしまった今となっては、そもそも自分が本物の恋をしたことがあったのかどうかと不安に……」

ミスターは先輩と顔を見合わせた。

「さすがアズーロは強いですね」

「ええ！　わたしもイコ様がいなかったら行っちゃうかも」

「イコ様を裏切ったら絶交しますよ」

「いやーん、ウソウソー！　わたしの最愛は何があってもイコ様でーす！」

本当に何なんだこの人たちは。と、ミスターが彼に向き直った。

「色々と自認が揺らいでいるあなたに、正気に戻る呪文を授けましょう」

果たしてその呪文とは。

「それはそれ、これはこれ」

何よそれ。

「宝塚はフェアリーが棲《す》まう夢の園。人間界とは違うのです。フェアリーのことはイマジナリーラバーとしてそのときめきを棚に上げ、現実の異性とは心の置き場を分けるのです。それはそれ、これはこれ。この教えは星組前トップ朱《す》雀《ざく》つばめ様によるものですが」

「所長は分けてあるんですか？」

尋ねると所長は遠い目になった。

「分けられたらこの年まで独身ではいません」

「効かないじゃないですか、呪文！」

「イコ様ガチ恋というわけではないんですよ。漠然とですが、娘役のような清楚《せいそ》可憐で愛らしく慎ましい女性がいたら理想だなと……」

「おらんて！　おるわけないって！　娘役だって男役が相手だからそれほど清楚可憐で愛らしくいられるわけでしょ⁉　男役と同じときめきを俺らが供給できるとでも思ってるんですか！」

「――と、分かっているなら大丈夫ですよ」

寄り切ろうとしたら体をかわされた、そんな感じ。

「それはそれ、これはこれの精神で宝塚も恋愛も謳歌《おうか》してください。まあ、ちょっと手強い相手かもしれませんが」

ええまあ――と頷きかけてギョッとする。まさかばれてる⁉

「頑張ってください。それでは」

ミスターはにこりと笑って立ち去った。

「どうする？　キャトル行く？」

行かいでか。フェアリーにときめくのは浮気じゃないとのお墨付きも出たことだ。

「喫緊にアズーロの顔に慣れたいんでブロマイド買っときます」

「いいねいいねー。でも慣れないと思うけどねー」

「うるさいっす」

「ところで好きな人いたんだね、ごめんねわたし気軽に誘っちゃって。もし誤解されそうだったら言ってね、やましいことないって証言するから」

「うるさいっすマジで」

確かに手強い、ミスターの言うとおりだ。一時間前に呼び立てられて駆けつけるなんて特別でなければするものか。

「そういえばチケット代いくらですか」

「今日はいいよ、ピンチを救ってもらっちゃったからわたしのおごり」

「いや、でも」

「その分アズーロの舞台写真買ってあげて。あと……」

先輩ははにかんだように笑った。

「差し障りがなかったらまた一緒に行ってくれる？　初観劇でアズーロ落ちするなんて、わたしたち趣味が似てると思うんだよね。趣味が合う人と観ると楽しさ倍だから」

ここでかわいく笑うの反則――――！

アズーロは恥ずかしくて見れなかったが、先輩は今ちょっとだけ恥ずかしくて見れない。たまにちょっとかわいくてちょっとときめく。それくらいがそれはそれ、これはこれの匙《さじ》加減なのだろう、多分。

fin.

物語の「種」

宝塚　双眼鏡　顔が良い　恥ずかしい　見れない

――投稿者　しのんチャンさん（男・26歳）

著者からひとこと

パワーワードの連打に選ばざるを得ない腕力を感じた。顔が良い、恥ずかしい、見れない――宝塚ファンの気持ちを言い尽くしている。種の差出人は男性、佳きものを愛でるに男も女もないのだと感じ入る。なお、ら抜き言葉が取り沙汰される昨今だが、ら抜きは単なる共通語方言だと思っているので知ったこっちゃねえという解釈だ。ら抜きが標準の方言もたくさんあるし、私のふるさともそのひとつである。「見れん」に「見られん」と「ら」を足すとニュアンスどころか意味まで変わってしまう。この種も「見られない」だとパワーワードでなくなるのである。

何となく実在のスターさんを想定しながら架空の宝塚スターを練るが、ファンには多分どの方がモデルか分かると思う。ファンアート的なものだと思って楽しんでいただけると幸い。

宝塚のすごいところはな、アズーロみたいなスターがアズーロより高い破壊力でそのまま存在するとこなんだぜ。事実は小説より奇なり綾《あや》なり、未見の方は今からでも遅くはないのでご覧になられたし。沼はいつでもあなたを待っている。

おわりに

たくさんの種を送っていただいて、毎回選ぶのが大変だった。頂いた種に対して芽吹いたのはページ数の関係でわずか十篇。だが、全ての種がこの本を作ってくれたと思っている。深謝。

多分この人はこの種で必ずしも書いてほしいわけではないのだろうな、という種もよくあった。ただ聞いてほしいという風にそっと置かれていく種だ。ファンレターでもたまにそんな打ち明け話が届く。

作家は読者のことを知らないが、読者は作家のことを知っている。自分は知っているのに相手は自分のことを知らない、という距離感が打ち明け話を送る先としては程よいのだろう。黙っているのは苦しい、だが直接の知り合いに話すのは気が引ける、というくらいの心の荷物を下ろしに来る方が結構おられる。手紙を書くことがひとつの区切りをつけるおまじないのようなものなのだろう。示し合わせたわけでもないのにそうした手紙が時折届くのは、それが作家に求められた効能の一つなのかもしれない。

私は読むしかできないが、読んでいるので荷を下ろした背中が少しでも軽くなってくれたらと思う。

コロナ禍で世の中が塞《ふさ》いでいた頃に、何かちょっと気晴らしになるような物語を贈れたら、とこの企画を始めた。集まった種を眺めるに、何となく村の鎮守のお祭りのようなことになったのかもしれない。ドンドンヒャララと踊って楽しむ人、そっと祈っていく人、様々。

そろそろ何とかなるといいよね、という願いをほんのりかけつつ、この本を送り出してみよう。届け、どこかに。

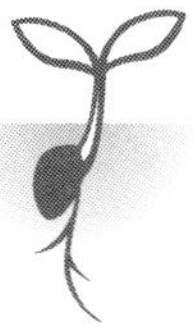

有川 ひろ

高知県生まれ。2004年、『塩の街』で電撃小説大賞〈大賞〉を受賞しデビュー。「図書館戦争」「三匹のおっさん」シリーズをはじめ、『阪急電車』『植物図鑑』『空飛ぶ広報室』『明日の子供たち』『旅猫リポート』『みとりねこ』、エッセイ『倒れるときは前のめり』など著書多数。

物語の種

2023年5月25日　第1刷発行

著　者　有川ひろ

発行人　見城 徹

編集人　菊地朱雅子

編集者　有馬大樹　森村繭子

発行所　株式会社 幻冬舎

〒151-0051 東京都渋谷区千駄ヶ谷4-9-7

電話：03(5411)6211(編集)　03(5411)6222(営業)

公式HP：https://www.gentosha.co.jp/

印刷・製本所　中央精版印刷株式会社

検印廃止

ISBN978-4-344-04111-0　C0093

この本に関するご意見・ご感想は、

下記アンケートフォームからお寄せください。

https://www.gentosha.co.jp/e/

本書はKADOKAWA文芸WEBマガジン「カドブン」にて募集した投稿を「種」として連載した小説に、加筆修正したものです。

ブックデザイン　カマベヨシヒコ

装　画　徒花スクモ